凝月垂泪

马艳梅◎著

陕西新华出版传媒集团

太白文艺出版社

图书在版编目（CIP）数据

凝月垂泪 / 马艳梅著. — 2版 . — 西安：太白文
艺出版社，2017.9（2022.3重印）
ISBN 978-7-5513-1228-8

Ⅰ．①凝… Ⅱ．①马… Ⅲ．①散文集—中国—当代
Ⅳ．①I267

中国版本图书馆CIP数据核字（2017）第180117号

凝月垂泪
NING YUE CHUI LEI

作　　者	马艳梅
责任编辑	李　玫
整体设计	汇丰印务
出版发行	陕西新华出版传媒集团
	太 白 文 艺 出 版 社
经　　销	新华书店
印　　刷	三河市腾飞印务有限公司
开　　本	787mm×1092mm　1/16
字　　数	190千字
印　　张	14
版　　次	2016年3月第1版
	2017年9月第2版
印　　次	2022年3月第2次印刷
书　　号	ISBN 978-7-5513-1228-8
定　　价	49.00元

出版社地址：西安市曲江新区登高路1388号（邮编：710061）
营销中心电话：029-87277748

序一

心路历程的昭示

吴耀光

知道燕燕有出版自己文集的打算是一年前的事了。当她把这一想法告诉我的时候，对她的这一打算我认为多少有些不切实际。倒不是对她的写作水平质疑，而是自己太清楚在现实社会，出版书籍是一件劳神费事而不会带来丝毫经济效益的事情。当我把我的看法告诉她的时候，并没有动摇她的信心，也没有半点失落，反而增添了些许自信。我看出了她的执着，对于这点我是能理解的，因为我知道她虽然身处当今社会，但她人生的向往却和社会潮流背道而驰。典雅、质朴是她的追求，不言放弃的个性与同龄女孩格格不入，看来谁也动摇不了她出版自己作品的信念。

直到前段日子，她突然给我拿来了打印完整的书稿和与太白文艺出版社签订的出版合同。她让我帮她审读，把把关，并请求写几句话作为序言。

说实话，对她的书稿把把关，对我来说不是一件难事，但为她的作品写个序言，我颇为踌躇。这倒不是因为当今文坛上对作序之风已有偏见，而是因为为人作序者，应该是该领域驾轻就熟的泰斗。我毕竟人微言轻，学识浅陋，似本没有资格为她的书写序，但读了书稿之后，我深为她不惮劳作和对文学的执着的良苦用心而感动。同时看到她在后记里的感言，所提到的几位鼓励、鞭策她的人都是受我崇敬、在本地区具有影响的挚友。他们的伯乐精神再次感动了我，于是我就拿起了笔来。

作者从小酷爱文学，有一定的文字功底，奠定了她写作上独特的表述方式，在作品中得到充分的应用，使每一篇文章都耐人寻味，能让人掩卷深思。

"文如其人"，此言已成定论，冠之于她的诗文还是恰当的。文学作品肯定是作者思想道德、价值取向、思维方式、个人情感、写作风格及审美等诸多个性外化的精神产品，必然带有各自的生活志趣的烙印和精神层面的追求。她的诗文之所以与众不同，究其根本，在于每一首诗词、每一篇散文的记人叙事都是有感而发、触景生情、原汁原味。这大概与她的个性有关，显示她骨子里保留着现代女孩子罕见的纯朴、率真和实在，这种纯朴的个性表现在她的散文写作上，构成了她诗文的独特性，也成了区别于时尚散文的一枝独秀。她的每篇散文是用童真般的眼光审视生活，审视事物。想写的、想说的诉诸文字，不加修饰，全盘托出。我喜欢阅读散文，见惯了当下流行的那些玄奥、虚幻、辞藻华丽，使人眼花缭乱而最终不知所云的诗文，回头再读燕燕的作品，顿时产生一种新鲜感和亲近感。她的作品不论写人叙事，或是袒露作者自己心灵之困惑、精神之彷徨、感情之徘徊和对社会现实之无奈，都是把心底要说的话用大量的描写、铺陈等手法全盘展现出来，直观、简约、一目了然。这正是当今许多散文所缺失的。

总而言之，燕燕这次入集的诗文，算不上是大气磅礴的交响乐，但也是缠绵悱恻的小夜曲；不是铁板铜琶高唱的"大江东去"，而是丝竹弦板巧弄的"晓风残月"；不是富豪花园里雍容华贵的牡丹，而是平民花台上朴实鲜活的草花。整个文集没有空洞的口号式的说教，篇篇都是见人见事、有血有肉的内心真情的告白。

当然，可能由于她的人生阅历浅，触及社会现实不深，致使诗词的意境欠拓展，格局并不是那么严谨，情调昂扬。有几篇文章在表现方式、布局谋篇方面，显得牵强单一，叙述手段欠灵活，这些瑕疵或多或少地影响了作品的艺术品位。

好在作者还很年轻,并有着冲决羁绊的个性和对文学的执着追求,随着阅历的增加,随着岁月的流逝,随着她继续刻苦努力,她的作品将会更加成熟。这次结集出版自己的作品,肯定是她写作道路上的一次总结、一个里程碑。我有充分的理由相信,她不会封笔,将会有更加优秀的诗文奉献给广大读者和关注、关心她的人。

杜甫有诗:"文章千古事,得失寸之心。"看完作者的原稿,对好几篇诗文感慨颇多,好在作品集出版在即,很快和读者见面,精华或者糟粕读者自有判断,再则作者嘱我时只要我"写几句序言",我明白她的意思,不可喧宾夺主。虽有欲罢不能的感觉,但只好搁笔。上述所云,是否切题,不知能称作"序"否?

吴耀光:世纪论坛特等奖得主,著名书法家、作家

序二

《凝月垂泪》序

李敏智

　　经朋友推荐,阅读了朋友的朋友的十来篇散文,基本上是原生态作品:很朴实很真诚,很动情很上心。尽管感觉不出她是文学大家,但能察觉到她是一个文学新秀,尤其在散文方面。

　　悟性与养生,让散漫的心含情。《边城随笔》说:儒生但求无愧于天地,蕴养一腔浩然正气。问读书人的脊梁骨终究会剩几两? 这一问问到了文人的痛楚,问到了一个民族的脊梁。我虽然没有朱自清那样的风骨,但我有基本的骨骼,需要向作者学习发问,悟炼出完全属于自己的傲骨来。

　　《云水禅心静听莲音》说:佛讲的看开人生,绝不是悲观,而是积极乐观;不是看破,而是看透而已。佛界的开阔意境,让修行人悟了一辈子工夫,最终尚不知答案,但总有开悟。作者对佛的敬意由此可见。释迦牟尼在世,尚不知作何指教。我念《大悲咒》,读《金刚经》和《心经》,总是不开窍,原来禅心不静。

　　青春与成就,让紊乱的心归一。这是一种境界,不是每个散文家都具有。让善心有所归,不让青春度浮云,青睐成就胜黄金,《凝月垂泪》便是如此。老子早有定论,在《道德经》里讲,人是自然之灵性也。青春来的时候,并没有伴随成就,由此造就的心是乱的。

《写给渐行渐远的青春》如是说:站在十字路口,看着匆匆远去的行人,或急或慢。不同的表情,不同的忙碌,不同的行程,走着自己不同的轨迹,其宗旨都是为活着而奔波,为生活而活。形形色色的过程,构成了形形色色的人生。道出了人生辛酸,解密了社会成就人的道路与选择。散文讲究形散神不散,作者已经做到了,并且做得很自然,没有刻板和刻意。

《前世缘已尽,今生不相见》说:有一座城池,名曰天水,有半壁江山,它如画,故称小江南。麦积烟云、仙人崖含情,把作者带到了神仙世界,畅游在这里,神清气爽,我跟着享受。这就是散文的魂魄小窝。"你曾告诉我,你此生最大的夙愿就是能列为仙界,传说在此便会成仙,于是我便在此等待与你的重逢。"仙也要修炼成就,否则还是很难成正果,更何况人呢!唐三藏西天取经成正果,拯救的是自然人,留下的是自然传奇。

任性与勤奋,让美丽的心绽放。这是抒情的基础,也是一种文学修养的积淀,也是生活中一个真实的散文家。走过漫漫长夜,才知道这是放飞心情的前夜,等到黎明即起,一颗心舒展开来,开始了愿望的畅想。赵树理在农村体验生活,领略了三仙姑的任性,由此成就了他的小说家梦。

《天若有情天亦老》说:尘埃落定,落寞依旧,时光流逝,曲终人散。夕阳边的等待,只是一场美丽的邂逅;雨中的遐想,也只是望穿秋水的写照。晶莹剔透的雪花,暗藏心酸无奈。落叶归根是大自然的规律,人生何尝不是这般的规则呢?作者的心在大放异彩,把任性发挥到了极致。假如没有勤奋,何来美丽之心?李清照的影子缠绕着作者,伤感文字划过心灵。

《风月浅吟相思微醉》说:轻轻地将双手置于心门,才发觉思念是会呼吸的痛。每每听梁静茹的同名歌时,心里总会不由得想起一个倩影,隐隐作痛的心告诉我,两情相悦是最美不过的情,只是有时候感情不能随心所欲,世上还有一种情叫一厢情愿。不确定他是喜欢自己还是爱自己,只知道自己深深地爱上了他。作者的细腻情感,此时此刻被表达得淋漓尽致。辛弃疾听了这个故事会作诗,但不是风月场上的抒情。

意境与文字,让滚烫的情升华。诗言志,靠的是意境,意境由文字来驾驭。作者虽无在意,但炽热的情早已升华。闻一多靠的就是这种滚烫的情,不仅诗值得一读,而且人品也值得效仿。

《年轮记取了谁的沧桑》题记说:月上柳梢一袭寒,人约黄昏两鬓霜,流年如风擦肩过,落叶满地洗沧桑。意境妙,切题准,玩味的正是人之年轮。出版这本散文集,具有年轮的划痕意义。

《怀旧》说:一直说手机是我生活里的爱人,文字是我精神里的情人。缠绵悱恻一年又一年,渐渐地,文字变成了我的亲人,深入骨髓且血肉相连。读者总能领略到作者的信手拈来,抓一把回忆就是一篇散文。琼瑶具有这个本能。

我给朋友说,我当了三十年的公务员,当初是学数学的,对文学仅仅是爱好,不敢为《散文集》写序。他说不要谦虚,在我的朋友圈子里只有你有资格,因为你著书立说有建树。经不起朋友高抬,敷衍了以上几句。

是为序。

李敏智,男,汉族,国家公务员,兰州市政协委员、省内受聘专家,著有《双赚四赢论》等。

目　录

组 诗

虞美人

残阳薄幸黄昏叹,锦瑟年华淡
试问落寞都几许,微笑搁浅无一语
琴心长向泪湔面,流年不可现
浮萍漂泊不曾欠,谁伴婵娟来相见

清平乐

独坐西楼
清风明月柔
鸿雁朝去丝竹奏
黄叶落地留
流云飞花忧
琵琶物语相思豆
丁香曲赋红叶瘦
天涯断肠不言愁

烟雨情

夏雨不解离愁泪

凄凄凉凉比寒气
一川烟雨雾里花
高楼凭栏梦相依

长相思·思念

黄丝线,绿丝绦,片片飞絮两岸飘
灯如豆,夜如绸,半边月牙为君瘦

菩萨蛮·离情

眉宇凝香刻离愁,瞳孔紫露玉容游
夕阳渐黄昏,最是不见君
欲语离情苦,泣涕如雨露
哀思如潮推,鸟啼花怨谁

思　念

孤鸾照镜人消瘦
回文织锦情飘溢
梅花已谢燕归来
何惜相聚又相离

思念如春两相忆
今夜雪花剪春衣
寒木春花比潇湘
望穿秋水为君泣

佳期如梦

蠢蠢炉火照心暄,一杯清茶驱心寒
远山近水楼台月,清风明月镜中圆
红豆生情思南国,佳人归去不复返
不见君心食难咽,闻得谶语夜难眠

清平乐·相思

岁岁相思
伊人浸无奈
待到花谢雪落地
迎得青衫憔悴
今夜满腹素怨
何时千里婵娟
倘若落花无意
哪堪流水涓涓

往事随风

孤寂夜
独自醉
无处诉忧愁
秋雨滴
心死灰
纵然泪成海
烟支尽
泪不干
漂浮无居定

自难忘
已为夫
落寞微笑来祝福
人生苦
最难忘
永生不相离
来世再相聚

咏　春

桃花带雨杏如烟
春色撒满河两岸
蜂拥蝶恋情难尽
独怜微风把花散

咏　梅

墙隅藏身不争春
山花烂漫亦静心
疑似雪落大地白
巧闻花香黑夜明

杂　感

我总觉得春天的脚步
可以带我走进没有痛苦的天堂
心就不再那么的痛
以为春雨可以冲掉忧伤
以为骗子总有一天会把牢底坐穿

以为这个世界里有付出就会有相应的回报

可是现实就是这样的残酷

没有一丝的怜惜

没有一时的笑脸

我的心被春风吹乱

被春雨淋湿

就像我曾经天真地相信世间还有真情一样

亦像刻在身上的字一样

永远都是洗不掉的伤痕

是什么让我灿烂的笑容后面全是说不出的痛

燕子飞来的季节寒梅早已凋零

我把伤痛的记忆勾画出来

是一本生动的散文集

又是一个五一

总觉得是那么地近

可却物是人非

泪　水

我不曾懂得

她来自绝望的深渊

源于心头

聚集在双眼

回望那些等待的日子

怀念不再会有的岁月

新年的第一天就是人一年中的第一缕曙光

照着我们看到新的希望

去做新的打算

犹如最后一抹霞光殆尽的悲痛

所有的不愉快将沉于海底
当温柔的承诺消失时
音乐在记忆中颤动
当梅花突然在严寒中凋零时
芳香在泪水中盘旋
当你飘然远去时
爱情将在我对你的思念中死去
当2009年最后一幅画完成
颜料也已干枯
当最后一篇心声填充在这空间时
笔也随之封杀
只希望新的一年里不要活得这样地痛
谈到过往,不过是句蠢话
过去的已经过去
消失在虚无里
一切从零开始
一生劳苦奔忙有何益
到头最终把眼一闭
消逝了,这个谜可有尽期
正仿佛一切不曾开始
若再回头重新活过一天
我情愿选择永恒的太虚

生活谣

墙外佳人笑,墙内红颜泪
高山流水水东去,知音难觅觅一世
谁懂佳人心中笑,谁明红颜泪中愁
孤独心,残月泪,唯叹流年无罪

寂寞夜,照心间,两鬓如霜憔悴
红尘味,复相随,道清人间多无奈
君子情,小人心,谁言弄清是与非

泪湿两腮印枕边,孤灯瘦尽又一宵
都说相思最伤人,却道仕途更熬人
头悬梁,锥刺股,换来一曲悲乐府
愁无奈,忧渺茫,无权无钱愁断肠
沧桑路上遇彷徨,徘徊来去绕得慌
不曾有人来一计,怜惜人情甚凄凉
十字路口多迷茫,摸索前进不在行
东碰西撞四处游,脑子一愣忘记忧
路人笑我昏了头,我笑路人阶下囚
春风绿,杨柳吹,吹尽飞絮满天飞
夏雨翠,荷花急,急追彩蝶独恋爱
秋霜黄,菊花香,香飘千里万里茫
冬雪寒,梅花白,白了离人一世愁
此情此景年年甚相似,无奈时间岁岁不等人
生带哭声来,老伴岁月过,病陪痛煎熬,死留牵挂去
痛相随,泪相陪,不知往事怎追忆
昔日高考独木桥,今日公务员挤破头
心酸一路不顺风,是否宿命已注定
谈何理想与抱负,只是空留恨

雨　夜

麦山雨夜鸳鸯扣
孤寂长夜曲弹奏
举杯盼月浸衣袖
痛饮千杯不消愁

辞旧迎新

爆竹声声辞旧岁，龙飞凤舞墨飘香
烟花灿烂迎新春，合家欢乐满同堂
思绪飘零孤雁鸣，灵魂出窍心已亡
万里冰封哀莫殇，千里雪飘度凄凉

伤　冬

花谢花飞不留香
红消香断甚凄凉
雪花飞舞地两茫
人生注定多彷徨

如梦令·生活

心中翻江倒海
愁苦不曾消退
狂笑问天地
生活如此颓废
悲催，悲催
人生难得一醉

苦短人生
花飞人倦近黄昏
聚散离合泪空垂
书香茶醉花憔悴
雨过天晴云自开

空

望夫崖边无天门
剪去青丝断红尘
十指合一普众生
生生世世皆为空

阴晴圆缺

云遮圆月月隐人
母念游子子思乡
情系相思思寄月
爱洒秋夜夜飘香

月半边

明镜悬空大地白
可怜秋夜影婵娟
月落床头疑似霜
欲眼望穿月西边

蝶恋花·静夜思

长夜空寂寒声碎,孤枕难眠,暗暗问憔悴
举杯自酌只为醉,寸断肝肠为何悔
笑看红尘几度愁,沧海桑田,相思可知否
岁月无情时世透,一片真爱空等候

夜中人

灯红酒绿似天堂,群魔乱舞才疯狂
千百佳丽在身旁,金银钞票来铺床
醉生梦死都想尝,妻子儿女已忘光
一生如烟轻似梦,半世光阴两茫茫

叹人生

秋风生渭水,落叶满长安
人生多无奈,空门亦有烦
心若幽兰静,情似浪花泛
仕途风雨飘,落寞痛相伴

等　待

我知道秋天去了
我依然会在寒冷的冬天等你
我知道秋叶没了
我依然会用冬雪来覆盖
我知道柳条枯了
我依然可以想象它的美丽
我知道萍水干了
我依然可以记取它的相逢
你可知我最怕你无声无息
在你失踪的那一瞬间
刺骨的寒风会掀起我的记忆
于是我的思绪一片混乱
你让我拿什么祭奠这些时间的点滴

在充满等待的辛酸中
你就是这样悄无声息地离去
还是想给我一个惊喜
你可知我记取了相识的时间
却不允许那个时间的逝去
你可知我在另一个情绪中学会了等待
却无法不再想起你
你那熟悉的声音
虽然在地球的两端
你可知距离不是海岸
黑夜的漫长不可怕
内心的凄寒才是撕心裂肺的港湾
一天
两天
三天
……

钗头凤

月如钩,似水流,一杯思绪难入喉
夜默默,繁华落,几分灵性,昏灯执着
坐,坐,坐
话依旧,不曾休,红笺渐薄汗浸透
素心锁,笔难辍,丁香练就,人却非昨
过,过,过

杨柳行

杨柳行,行太匆,只道杨花离别情,哪知柳梢月下影
月下影,自轻盈,叹过红尘几鸟人,散落苍穹一缕魂

牵斜阳,独飘荡,只身依旧最张扬,南来北往清风窗
无心处,柳成行,无奈离别路漫长,曲终人散意彷徨
寒风及,秋霜悴,一袭绿荫添蓑衣,容颜渐褪志不移
叶入泥,枝独立,吹尽凉露自相随,繁华数尽望西地
残冬尽,春将至,来年剪刀叶裁新,并蒂双花月下影
月下影,俏红烛,今时闺阁黄花女,明朝洞房他人妇

眼　睛

一双落寞
走进了夜的隧道
黑色淹没了所有
拼命地前行
厮杀般的呐喊里
有光的影子

一双忧伤
钻进了雨的心田
雨声淹没了一切
号啕地痛哭
痛彻心扉的倾诉里
有阳光的脚步声

孤独于无助里
理想的窗户
总被现实的门替代
远望
高不可攀

我需要一双慧眼
做我的导航
前行
向前行

一曲琵琶暗许，莫空负

可怜春，一袭白衣塑封了姹紫嫣红
繁花落尽，问花，花不语，替花愁
自伤感，黄昏淡，徒增伤悲
梨花零落与谁伴，望中凝，似梦似幻
梦不成，灯夜深，又是瘦尽灯花又一宵
回首，无限思量，泪与灯花一起落
天之涯，海之角
相望，期盼
一曲琵琶暗许，相思莫空负

今生来世

残留的情愫只是一种无奈的牵挂
当片片落叶随风而飘的时候
我选择了放逐
只为那望眼欲穿的秋雨
聚聚散散只是一种折磨
无尽的丝连更是一种煎熬
心照不宣只是一种荒唐的借口
万物终将是虚无
即使千百年轮回在一起
谁又注定会相爱到永远
在世俗的刀刃上依然徘徊不定

今生情感的泪水无处寄宿
何必还去追寻前生是否来过

天　使

大山深处
有一片蒲公英
她们用黄色的笑脸
迎来了一个个降落伞
最终飞到天涯
海角里
她们突然发现
最初的模样
也被人们食用
原来她们也可以做天使
不,从出生到死亡
一直是天使

永　远

历史的更改掩盖不了事实的真迹
岁月的流逝淡化不了思念的心痛
黑夜的孤寂像是天长地久
梦中的哭泣又像是历史在重演
在希望与失望之间徘徊
像永远的永远
秋天的落叶埋藏不了冬天的身影
白天的纷繁阻止不了黑夜的到来
泪水的心酸像永恒的星星

在悲与喜之间换算
像永恒的永恒

堕　落

糜烂的灵魂在一天天地腐朽
咬伤的灵感似乎也已殆尽
渐渐地对生活失去了感觉
大海的眼里可以容纳百川
我的眼里却容不下一粒沙
黑夜里能嗅到的不仅仅是发霉的气息
更是人类相残的血腥
岁月就在这样的年轮里耗尽着

回　忆

暮色低垂花影斜
容颜渐褪秋已过
尘埃落定空来去
半生情缘为谁活

逝　去

江南烟雨花零落
佳人伞下叹声多
纵使杨柳满岸垂
光景易逝快如梭

自　怜

自古悲秋伤落叶
谁言夏风似霜寒
宁执落叶独自黯
莫待清风来爱怜

春暖花开

春风染绿河两岸
桃花红了蜂蝶恋
一望无垠花如海
仙女散花满河川

雪　落

纷纷琼玉庭院飞
袅袅炊烟云端追
万里河川一袭白
千户人家满树梅

独恋残红

红花绿叶情意浓
无奈东风一夜分
遥知孤寂雨无情
何须那般恋红尘

愁 情

西窗烟雨昨夜愁
一宿白了伊人头
渭水河上落叶漂
泪眼蒙眬两岸秋

思 愁

悠悠江上无人问
黄昏凭栏听愁因
也来莺啼念悲意
两行粉泪暗流尽

人 生

花谢花飞香不留
雪花乱舞地两茫
红消香断愁自流
人生注定多彷徨

过 年

声声爆竹辞旧岁
点点烟花迎新春
春满新岁童心在
举家欢笑拜新年

岁　月

落花无意处处多留情
无奈时间岁岁不等人
此情此景年年甚相似
两鬓成霜淡淡度红尘

人生如茶

人生如茶
让你活出超凡脱俗
人生如茶
让你活出禅的精髓
人生如茶
让你品出神情万般
人生如茶
让你活出清清白白、高雅淡然
揭开壶盖
扑鼻的是淡淡的清香
咽下的是淡淡的芬芳
那淡淡的回味荡气回肠
一杯杯淡淡的茶水
饱含着四季日月的沧桑
茶水之缘恩赐了神清气爽
又给了我无垠的遐想
和没有终端的思量
茶由浓到淡
和人生一模一样
交个淡淡的朋友
有茶有缘才地老天长

今夜,我想酒醉

今夜,我想酒醉
醉后的我肯定忘掉自己是谁
将心中的苦闷烦恼一齐放飞
除去那心中的件件负累

今夜,我想酒醉
一杯不醉就喝万盏千杯
将身上无形的镣铐彻底砸碎
身轻如燕远走高飞

今夜,我想酒醉
好让灵魂来一次真正的回归
奔走在梦中的净土上
领略红尘色彩的完美

今夜,我想酒醉
对过去的小人不再回味
重现生命的活力
不再为生活疲惫
为情感憔悴

今夜,我真想酒醉
洗去大脑里人间的是非
不再为失去的一切懊恼
让自己美美地睡一回
在梦境里将美好回味

今夜,我真想酒醉
让苦涩的烈酒打开我尘封的心扉
让情丝万缕和春色相随
领略万紫千红的春蕾

不 要

不要去赞美时光
它吞噬着我们的生命
不管好坏的时光
它无情而又残忍
是它在我们光洁的脸庞上
刻上年轮,毁灭美容
让我们充满活力的肉体
步履维艰,老态龙钟
所以
趁我们都还活着
去干我们想干的事情
趁我们还能走动
去领略大地的风景
趁我们还有情感
去寻找我们想念的人
趁我们还有毅力
就不言放弃攀登
趁我们还在人间
就不要有遗憾终生
时光不美
岁月无情
我们珍惜的不是时光

而是我们脆弱的生命
生命是什么
是水泡
是闪电之影
岁月是什么
是春夏秋冬
人生是什么
是降生到死亡的历程
时光不会停
它争分夺秒地屠宰着地球的生灵

落寞杂诉

春花秋月何时了，无奈眉头紧锁秋。心雨凄凄风烛残，梦醒缠绵万年前。泪湿青衫望穿秋，不见离人满怀愁。一无书信半无言，唯有千行泪眼见。

不愁离别寸断肠，只求情深意更长。明知沧海难为水，何把西湖当客栈。昔日烟雨留欢笑，今日古道度凄凉。

鸟啼花怨寒蝉哀鸣，雨打芭蕉梧桐落叶。

雾蒙蒙兮难见花，雨沥沥兮流心田。情真真兮不可求，风萧萧兮易水寒。

环指绕心，寄宿万世情。黄粱一梦，终究一场空。晓风残月，孤寂昨夜城。柳随风摇，相约梦难真。泪淹长城，情比意更浓。化蝶双飞，黄泉永相随。

人生苦短，若闪电一瞬，相思苦酒，世人皆饮醉。三千弱水，叹红尘纷扰。

凝眸遥望，盼轮回情殇。西楼孤影，泪水洒厢房。今生来世，孤独到天堂。曲终人散，缘断情已尽。

俱往矣，不可谈，一段凄凉在身旁。昨日情，今日伤，不可抹掉不曾藏。万里忧伤，无处话凄凉，千年等待最彷徨。

前世情仇，今世恩怨，来世期盼，哀怨无尽。东升希望，西落残阳，空等一候，落寞诉尽。

瑟瑟秋风起,萧萧落叶飞
——写给我永远也见不到的亲人

最是那低头的哀愁,悄上眉梢。

沉思的眼神,是孤独,是落寞,还是期盼,亦是等待?

手握一丝落日残念,不肯放开。

孤独的冷风瑟瑟发抖,梦的边缘终究萧萧落木。

初秋,夜微凉,胭脂泪,伊人醉。

花谢叶落两重天,万里云烟终成梦。

唯恨人生东逝水,怨太匆。

余花落处,满地思念。

春去秋又来,谁懂生死离别情?

离歌一曲断肠,伊人却在天堂。

凄凉模糊南北路,烟雨林落黄泉中。

今日秋来风景异,昔日欢笑无留意。

秋色一地,纵使黄叶飞,黯乡魂,何处追?

心有双丝网,中有千千结。

红笺锦书谁人寄?惆怅此情难脱遥无期!

伤秋伤雨伤离别,盼朝盼夕盼来世。

天涯海角会有穷,唯有思念无止境。

中秋月圆夜,灯依旧,不见去年人,与谁共?

伤心处,灯火辉煌,黄土最凄凉。

云渺渺,水茫茫,唯有泪千行。

佳期如梦,心死沉。

谁懂我落寞的微笑

我总以为停住回忆的脚步
心就不再那么痛
以为每天二十四小时地忙就可以忘了忧伤
以为故事有好的开头就注定会有花好月圆
以为只要闭上眼睛就可以看不见整个世界的黑暗
可是我错了,错得很离谱
是谁给了我一句一辈子都没法忘记的承诺
从此我折叠好的心情被冬雪覆盖
被寒风吹乱
就像我们谱写的曲子,用你断了的琴弦,我怎么也弹不出内心的
幽怨
这次我终于连等待都变得茫然
只是我还是不明白是瞬间希冀还是不甘寂寞
那些曾经许过的诺言,总是经不起时间的侵蚀
是谁让我充满希望的春天如此凋零
燕子南飞,剩下寒梅承受冬的令人窒息
我把零落的记忆碎片拼凑起来
还是一幅体无完肤的画面
当所有的情节在意料之外发生时
我惘然无知
时间成为灰烬

怀念和遗忘同样是看不见的伤痛
你华丽的转身留给我只是说不出的忧伤
同一个空间不同的时间
我早已学会了忘记
因为我的际遇是谁也不懂的漂浮
谁懂我落寞的微笑

我选择

我选择情义,不是我愚痴。

因为我总想着与朋友及认识的人共度美好的时光,不愿割舍难得的缘分和情谊。人生是减法,百年人生就三万来天,失去了就是永远;即使有下辈子,也不会再次相见。所以我毫不掩饰内心的情感,对待任何人都有情有义。我明白欺骗没有好下场,背叛没有好结果。

我选择厚道,不是因为我愚笨。

因为我的座右铭是:厚德载物。厚道处世,必有福随;精于算计,必遭天算。厚道,君子立世之根本。

我选择糊涂,不是我真的糊涂。

面对不公和自以为聪明的小人,只是不愿计较;对任何拙劣的表演,大度应对。难得糊涂。笑看人心险恶、冷暖无常;笑对社会鱼龙混杂、世态炎凉!

秋，落在季节里的思念

我说：世间所有的相遇都是为了久别的重逢。

你说：我许三生三世的情愿与你相守。

我说：爱上一个人，便会爱上一座城池。

你说：叶落尘，季节里只有你。

我说：许你一世的温柔，不离不弃。

你说：一诺千年，不负如来不负卿！

——题　记

秋是一个让人眷恋的季节，有太多的不舍，有太多的无奈，更有数不清的念想。曾几何时，我的眼中，四季都是悲悲切切、凄凄惨惨的情景，许是与心情有关，或是和我多愁善感有关。然，时至今日，细细一品，并非如此的伤感！

回天水的车上，一边听着周围人的谈话，一边望着一路飞过的风景，思绪有些不安。列车离出发地渐行渐远，却距目的地越来越近。车厢里，人们的睡姿千姿百态，我却没有丝毫的睡意。

是窗外滴落的雨滴，撞响了思念的风铃；还是痛彻心扉的琴弦，刺破了夜的脸庞？哭泣总是那么心碎。放在键盘上的手指，猛然间停顿了下来，看着你的头像，久久地不曾决定去敲出哪些字。有些人，注定有一天会在茫茫人海里不期而遇，终究还是缘分在作怪，千里之外，从此便有了牵挂。这种爱只能纠结在无休止的疼痛里，明明知道相思苦，偏偏对你牵肠挂肚。爱情里，究竟有多少真诚？这是一个千万人都在问的问题。其实一切都是个未知数,就算有万分之一的真诚,我也会用尽一生去等待。冥冥之中,总觉得是月老的安排,所以我会纠结,所以我会伤心,所以我的思念,最终化作永无期限的等。其实,我是不相信任何承诺的,所以我便对你说,不要给我任何承诺。

冷清秋

听着秋的每一句呢喃,嗅着秋的每一丝气息,凝视着秋天时时刻刻的变化,就像母亲对孩子一样的呵护,一样的情不自禁。林荫小道上,斜阳不再是那么地刺眼,反而透出一丝落寞的余晖。一个人的身影,在这种景色里,难免有一股凄凉的味道。暧昧,不仅仅是一种情愫,更多的时候则是一份关怀,不知不觉中便是一道风景。"世界那么大,我想去看看。"这句话曾经是多少人的梦想。因为前不久一位女教师的辞职信,如今走红网络,可用在这里,用在我身上,又显得多少有点滑稽。在中秋佳节小长假来临之际,难得有一点闲暇,自己如同一片叶子,在秋风的吹拂下,来到了古城西安。之所以每逢佳节选择出行,除了想看看外面的世界之外,更有着难以言说的况味。

叶子虽然心怀梦想,憧憬着外面的世界,但更眷恋着脚下的土地,期盼着落叶归根。正因为如此,月到中秋分外明,每逢佳节的时候,我总会有一丝的伤感,就像叶子一样,迟早要归根于大地,所以便会紧紧地握着那片叶子。对遥远故乡的思念,深深地埋藏在这片叶子中。牵挂一直都在,故乡的人,故乡的事,甚至是故乡的每一寸土地,都从叶子里散发出来。

中秋节,还没有来得及给父母打电话,他们便先打过来了:"燕子,天凉了,多加件衣服。"父亲的话还没有说完,母亲就已经从父亲的手中抢走了电话,唠唠叨叨的叮咛又过来了:"今天过节,吃好点,把自己照顾好,记得穿厚点,别吃生冷凉的,你的胃一直不舒服,操心好……"听到父母在电话那头争抢着给我唠叨叮嘱,顷刻暖流入心田。此刻,我就像一片叶子,父母就是我赖以生存的大树,而我手中的叶子,像是父母的惦记,看着它我总会泪流满面。我和我手中的叶子,一个是具象的,一个是抽象的,但于树而言,却都有父母幸福的牵挂和守候。

秋天是一个伤感的季节,看着漫天飞舞的叶子,心里难免有一种失落。春天的复苏,夏天的嫣红,冬天的纯洁,都比不上秋天的清冷。落叶满长安的情景,凄凄惨惨戚戚,冷风抚过心门的时候,更是令人不由得打起寒战。喜欢写一些伤感的关于爱情的文字,有人说我不应该这么悲伤,这样会影响自己的心情。殊不知,我是从来不相信爱情的,因为我懂得世间没有永恒的真爱,誓言往往都是最华丽的谎言,所谓的天地合、与君绝的故事都只在文字里。所以多愁善感的我,在这个季节便会更加的伤感。看到手中这片叶子,我会把它想象成为姻缘线那一头的他给我的书信,信中散发出浓浓的爱意。舍不得丢掉叶子,轻轻地放于心门之上,感受到爱情的呼吸,这样也就足够了。

散步在淅淅沥沥的雨中,看着落叶一片一片地零落,偶尔一阵风来,落叶被吹得满地跑,我的遐想便会无边无垠。于是告诉自己,今天又是一个冷清的日子。但父母的叮咛,他们在电话那头抢着跟我唠叨说话的情景浮现在眼前,又有阵阵暖流流过,这个秋天,不再冷寂……

双手捧着零落的叶子,心里一瞬间天马行空。你可以说它是秋的寄托,你可以说它是乡情的眷恋,你也可以说它是父母的温暖,你甚至可以说它是爱人的信笺。叶子的温度在手中持续地升温,秋天的味道也在渐渐地变浓。

秋情,乡情,亲情,爱情。

姐妹之恋

　　喧嚣的城市终于在夜深人静的时候停止了折腾,忙了一天的慧兰洗完澡,拿出自己的宝贝日记本,又开始记载对男朋友的思念之情。两年了,她始终坚持着这样的习惯。

2011 年 3 月 18 日　晴

　　宝贝,今晚我又不在你的身边,浓浓的思念又一次溢出了情侣之杯。每当我离开你的时候,那份离别的伤痛与日俱增,那种深切的想念每时每刻都在心里呐喊。你已经成了我生活里不可缺少的部分,思念你成了我的习惯,每天我可以不吃饭,也可以不睡觉,但是无法不想你。

　　爱到深处无怨尤,情到浓时人孤独。恋爱有时候像蜜枣,有时候像苦瓜。慧兰每逢出差,和心爱的他分开就有深深地体会。

　　"姐,你这是怎么了,出了几天差怎么就瘦了一大圈儿? 你们老板是葛朗台啊,难道天天让你喝粥?"一进家门慧心就大呼小叫。

　　"可能是没有休息好吧。"慧兰回答道。

　　"明白了,所谓衣带渐宽终不悔,为伊消得人憔悴。是不是,姐?"慧心说话总是这样的调皮。

　　"姐,什么时候让我见一下姐夫,你都答应我好几次了,可是总是不兑现你的诺言。"慧心的嘴巴噘得高高的,用撒娇的口气责备慧兰。

　　"你这个鬼丫头,一说这我倒想起一件事来了,昨天看你的微博了,你那些话是写给谁的,那个肉麻劲儿,现在一想起都牙酸呢!"慧兰一动不动地看着慧心的眼睛。

"姐,这么快就被你发现了。"慧心害羞地低下了头。
"快告诉姐,是哪家的帅哥拜倒在了我妹妹的石榴裙下。"
……

今天是慧兰的生日,她们姐妹约好的,彼此带着自己心爱的人给慧兰过个终生难忘的生日。

"姐,我们都到了,你们快回来吧,蛋糕、红酒、礼物我们都准备好了,就差你和姐夫了。"这是下班后慧心发给慧兰的短信。

慧兰心里甭提有多么兴奋,可是到了家门口,按了半天门铃也没有人开门。

"慧心,开门,我回来了。"慧兰怎么叫也无济于事。

当她自己打开门的一瞬间,她蒙了,眼前的一切和短信是那么不一致,客厅的桌上,插好蜡烛的蛋糕,一大束鲜艳的玫瑰,一瓶红酒,两个杯子,还有一封信。

姐,原谅我昨晚偷看了你的日记,我知道偷看别人的日记是不道德的,可是好奇心的驱使还是让我触碰了道德底线。我之所以今天失约,不为别的,就因为我们爱上了同一个人,但你是我在这个世界上唯一的亲人,所以在亲情和爱情之间我选择了你。姐,你不用担心我,从小到大,你事事都让着我,今天就让妹妹我让你一回吧。从今以后,他的精致、柔美、浪漫、时尚、简约、大方只属于你一个人,有了他你一定是世界上最健康最完美最时尚最性感的魅力女人。姐,我把他当作生日礼物送给你,生日快乐!

妹　妹

慧兰迫不及待地打开那个包装很漂亮的盒子,用颤抖的双手把他从盒子里面拿出来,抱在怀里,眼泪像断了线的珠子……

满载夕阳归来

谷雨来临的这几天,天气多变化,时晴时雨。星期五和几个朋友相约,星期天春游净土寺。

清晨,坐上公交车,伴着车内纷杂的笑声、聊天声,我静坐窗口,沐浴着窗外吹来的清风,深深地吸了一口气,沁人心脾。我正享受着清风吹来的天外玄音时,忽然有人喊了一声:"你看多美的景色!"我寻声望去,原来是一个带着外地口音的女士,具体听不清是哪里的口音。睁眼一看,车已经驶进峡口,谷东西山,映入眼帘的是青山绿水,桃花盛开,龙柏花香扑鼻而来,仿若醉入桃源,神清气爽。游人相互交头低语,听不清是感叹还是赞美,时而转头左顾右盼,时而朝窗外欣赏几眼,时而深呼吸一口,享受着清风送来的香味,醉了春风醉了人。

沿路走来,车内的嘈杂声消失了,好不容易静了下来,副驾驶座上一位男士的标准普通话又惊动了车内所有的游人:"看锦鸡,多好看!"锦鸡在汽笛声的惊动下,展翅呱呱地叫着躲进了路边的松林里。紧接着,清脆的鸟叫声,松涛,远近绿色、红色、粉色、白色装点的山群,不同的景色变换,调整着游人不同的心情。不知不觉,仿佛踏入了仙界神山,峰回路转,目不暇接,上了山坡又下了山坡,过了高山沟壑窄小峡谷,迎来了绵延的山峰。人的心情随着天空飘游的白云,不知是心随境转,还是境随心转,浮想联翩,已到净土寺山门。

游人刚下车,就被净土寺山门雄伟高大的仿古建筑、佛家雕刻上的彩绘吸引住了，赞叹的、拍照的、留影的，热闹忙碌。山门外的奇石怪树，亦是游人钟情的佳丽。入了山门，小道两旁的花草树木，迎风招手，含笑点头。伴着游人的脚步声，高低错落的山峰映入眼中。身旁不相识的一位游人告诉她旁边的同伴说："你看，前面的群峰就是十八罗汉山，那里是十八罗汉朝玉帝。"她指着周围的群山转身一圈，又说道："是莲花瓣，山下的建筑物便是寺院，寺院就坐落在莲花中心。"紧接着又给同伴讲起了这座寺院的住持海正大师建造寺院的故事。我紧随其后，认真耐心地听着各种耐人寻味的佛学文化知识。

踏进净土寺门，沿着石阶，沐浴着绵绵细雨，游赏了殿堂。肃穆庄严、慈眉善目、栩栩如生、大大小小的菩萨塑像，都拥有着神奇而感人的故事。尤其是释迦牟尼放弃王位，受尽苦难，寻求真理，证悟觉醒，游览各国，平息战争，让所有人过上和谐安定生活的追求精神，那种大爱的自在而善良的心，震撼着每个人。各位菩萨、罗汉以智上求大道，以慈悲下待众生，不为自己求安乐，愿天下众人远离苦痛的救世慈悲的心和作为，让人倍感亲切可敬。游着、玩着、赏着、思考着，让我明白了更多的道理，联想到中国共产党"为人民服务"的宗旨，其毫不利己、专门利人的精神正是菩萨心肠，慈悲行为。我们翻阅中国革命史，老一辈革命家以及今天为国家、为民族做贡献的共产党人，让大家过上了安居乐业的小康生活，真是来之不易，我们应该拥护、珍惜，更有责任用大公无私的心和行为去维护民族的安定团结。我们都应该有一颗慈爱的心。

休息片刻，过了午时，雨停云散，漫天烟雾绕山峰，人如步入仙境。享受着大自然的恩赐，不知不觉来到了天然佛前，远观让人赞不绝口。一块石头竟然孕化成了人形，蕴积了万物之灵气，大自然之神奇，正应验了万物皆有灵性的真言。每位游人都用赞美的声音和留恋大自然神奇之美的愉快心情，体悟着大自然给我们带来的美好生存环境。我们应该去保护，去爱护，去维护它们。

净土寺周围的环境让游客迷恋，它净化着众人的心灵，修正着世人的行为。夕阳西下，我和同伴继续乘坐景区的公交车返家，越来越远离净土寺。

于是有感而发：

　　　　清气蒸发黑土地，
　　　　凌云沐浴深莲山。
　　　　深林竹屋炊烟起，
　　　　满载夕阳过岭还。

休恋逝水

——观苏凤丽老师《锁麟囊》有感

　　第二次看《锁麟囊》，一样的剧情不一样的心境。2012 年一帮人结伴而行，2014 年就只剩自己一个人在剧场里默数着薛湘灵的起起落落。

　　秦腔最大的特性就是豪放。它讲究大开大合，大起大落，而苏凤丽老师的拿捏却是恰到好处的婉转流动，犹如一朵娇羞的睡莲突然开放却又不失典雅。

　　薛湘灵，名如其人，水一样的女子，一出场就让人见之忘俗。一句"怕流水年华春去渺"，一唱三叹，余音绵绵，娇柔却不做作，就更给这个富家小姐增添一种含蓄美。"怕良辰又盼良辰到。"此时的湘灵喜忧交错。出阁意味着身份的转变，环境的转变，可这种转变来得太突兀，让她一时间变得患得患失。"在娘身旁千般好，离娘的雏凤谁人娇？"则正是她对身份转变的担忧与不安。这种忐忑也使得她任性大变，对嫁妆的挑选也是百般的挑剔。解铃还须系铃人，薛湘灵脾性的造就者是她的母亲。只有母亲了解女儿的心思，也只有薛夫人才能化解母女之间的僵局。

　　出嫁，一切都是美好的，包括薛家姑娘的心情，即便是中途暴雨骤袭，她依然能在春秋亭内安然等待。机缘巧合，亭内多了一顶花轿，只是贫富相差甚大让人不免有一丝酸楚。贫有贫的志气，富有富的姿态。此时的湘灵是温和的，没有一丝的傲慢之态，只一句"相赠此囊非为相报"便悄然地乘轿而去，这种无声的低调就更加让人对她生出了几分敬重,出嫁前种种看似无理的挑剔也让人不忍再去苛责。

如意的家庭,平静的生活,朱颜不改,唯一改变的就是八年后多了一重身份。她所有的重心都挪到了娇儿身上,即使在大器无理地索要绿马时,她也无奈却也欢喜地答应了。天有不测风云,很快这种平静的安逸被无情的大水所吞没,一切都来不及预料,顷刻间母子分离,生死未卜。

惊慌的逃难中,风声、雨声、难民声,饥寒交迫,从未遇到过的重担全压在了这个曾经柔弱的肩膀上。她应该怎么做,继续摆小姐的架子?不,没有。昔日娇弱的薛家姑娘此刻变得刚韧、果断。因为她要学会适应,她要寻回失散的儿子。一出场的几组水袖完美地表现出了湘灵内心的坚强与寻亲的坚定。寻亲,该向哪里?谁能给她指引?人在乱中容易恍惚,将凄凉的雨声误作娇儿的呼唤,揪心、失落、疲惫,更加让她前所未有地无助,此时的她多想有个依靠。丈夫,这时她意念中又生出一个寄托,然而现实只有风摧残垣啼涸凋零。这种思亲不见的悲痛此时只能让她泪成行。她累了、困了,不顾风雨飘落缩成一团。冷冷的、孤独的、无声的哽咽,更加让人心痛。

或许上天不应该这样对待一个弱女子,所以梅香出现了,湘灵像抓住了救命的稻草,可这根稻草很现实地把她甩在了一边,狠狠地。一个饼子把所有的关系定在了梅香冷漠的话语中,大难临头各自散,昔日的主仆情分也显得苍白无力。湘灵心冷了,只是冷,毕竟人心隔肚皮,何况只是雇佣与被雇佣的关系。所以当薛良出现时,她内心更加复杂,昔日的贴身丫鬟都已弃她而去,更何况这个平日并无多少交集的管家。毕竟是经历过生活的人,薛良不计主子昔日的坏脾气,依然救了这个落难之人。只是从此湘灵要转换成另一种身份——卢府的老妈子。进府,算是有个落脚之处,可低贱的身份待遇又让她倍感凄凉,进门时的踌躇与无奈都化作了一连串的背影。

进府,没有了地位,没有了众星捧月,唯一的任务就是做好老妈子的工作。面对新主子她也是忐忑不安,一味地遵守告诫,"晓得了"成了她唯一能表达的词语。卢夫人三番五次地叮咛,她只是默默地应承。不敢乱走一步,这是她心中最基本的一个度。

后花园,或许这个地方会让她略有放松。可惜,小东人偏偏又是个爱玩闹的角色。一会儿学马走,一会儿抓蝴蝶,一会儿要剪纸,这一系列的要求让她的神经更加紧绷。生气?麟儿只是个孩子,面对这么个如此闹心的孩童,她只能妥协,尽量满足他的要求。孩子终归是孩子,玩累了就安静了。片刻的安静又让湘灵的心波澜起伏感慨万千。

"一霎时把七情俱已尝尽,渗透了辛酸处泪湿衣襟。我只道铁富贵一生注定,又谁知人生事顷刻分明。想当年我也曾撒娇使性,到今朝哪怕我不信前尘。这也是老天爷一番教训,他教我收余恨、免娇嗔、且自新、改性情、休恋逝水、苦海回生、早悟兰因。可怜我平地里遭此贫困,遭此贫困,我的儿啊!把麟儿误作了自己的宁馨。"大段的唱词,内心的写照,今非昔比,物是人非,这一切的一切在浅浅的悲叹声中扎人心扉。这就是苏凤丽老师的特色之处,不骄不躁,收放自如,却让人物的感情发挥得淋漓尽致。

麟儿醒了,玩性大发,首先看到的是皮球。湘灵怕碰着或者摔着小东人,几次劝说无效,只能顺从他的要求。弯腰屈膝,麟儿每走一步她都是小心地随着护着。碎步,转身,下蹲,没有多年的戏剧表演功底,这一系列的动作就不会水到渠成般地舒适流畅。此时湘灵不仅是一个老妈子,更加表现出的是一个母亲的护子之心。不巧的是球上朱楼了,捡不捡球?又使她陷入了矛盾中。不捡?麟儿无法安顿;捡?卢夫人有过交代,朱楼不可越入半步,若有违反后果不堪设想。湘灵毕竟是湘灵,她还是懂得处世的一些规则,在得到小东人的担保后,她才轻移莲步登上朱楼。球未寻得却见了昔日的旧物——锁麟囊。惊讶、疑惑,往昔的画面此刻堆满了她的整个思绪,种种辛酸涌上心头。

卢夫人到了,步履匆忙。猜疑、不解、动怒随时都会上演,麟儿的聪慧让整个局面变得缓和。这个老妈子是谁?为什么对锁麟囊如此上心,既然上心为何眼角明显有悲伤之情?卢夫人更加好奇了,带薛妈下楼,她要问清楚这其中的缘由。

三让椅,一波三折,让剧情更加波澜起伏。三问三答,巧妙地接应使薛湘灵的地位一再变换,就连长年做工的碧玉也妒忌几分。最后卢夫人表明身份——她就是春秋亭哭嫁之人。一切真相大白,这才是人生难预料。

《锁麟囊》是京剧经典剧目,移植成秦腔可谓是在"太岁"头上动土,可是秦腔还是移植了,而且非常成功。在大制作、大投资这一背景下,一系列高、大、全的形象在戏曲舞台上展示,而且愈演愈烈。唯独《锁麟囊》另辟蹊径,上演的只是普通人物的喜怒哀乐,没有忠君没有爱国,也没有大公无私的为民请命,更不是20世纪90年代的乡村主打题材,有的只是生活的细水长流。这样一个弱女子的戏份却能让人耐得住性子坐在剧院看,足以说明艺术的魅力。它的成功离不开各方面的全力配合,最基本的是剧本,它舍弃了京剧的烦冗,让剧情更加凝练紧凑。演员的二次创作更是至关重要,程派的神韵、肖派的温雅,正是一个巧妙的结合。苏凤丽老师不骄不躁、温润如玉般的承转启合则把一个豪门玉女的娇嗔、善良、命途多舛的流水年华表现得淋漓尽致,精彩绝伦。

关于这出戏,我只是单纯地从薛湘灵个人际遇变化的角度上加以分析,纯属个人浅见,至于其他方面的解读尚未成型……

蒲公英

认识靳伯伯快三年了，一直很尊敬他，原因不是他退休前当过大官，而是他和蔼可亲，面目慈祥，从他身上丝毫看不出来他过去显赫的地位。

那天他从车里卸下两袋野菜，倒在院子里，让我帮忙拣。我过去一看，这并不是能登上酒店餐桌的名贵野菜，而是最普通不过的蒲公英。我一边拣一边听靳伯伯讲述蒲公英的药用价值，拣着拣着，我的思绪因蒲公英而打开。蒲公英对我来说并不陌生，从孩提时认识它的时候，我就喜欢上了它。

从蒲公英开出黄色的小花朵到后来变成绒花，我都喜爱它，是它给我的童年增添了许多欢乐和美好的遐思。

所谓的蒲公英绒花，说白了就是标志着它成熟了长在嫩秆顶上的白绒球，是由无数个它的种子抱团而形成的。几乎每一年我都盼望着蒲公英长出绒花的时节，到那时，总喜欢轻轻地摘下它，然后用嘴使劲一吹，小绒球离开花梗，顷刻瓦解，四分五裂，随风飞舞飘扬，好像迈着轻柔的脚步，很优美地飘离我的视野，飞向遥远的地方。风是它的翅膀，只有风才能将它送到生根发芽的地方。那随风飘去的蒲公英种子，自由自在地翱翔，好像没有它过不去的坎儿，蹚不过去的河，克服不了的困难。望着它，我不禁有着让它也载着我一起飞，飞到我向往的地方，在那里生根发芽，开出我人生的小花朵，然后安然绽放的想法……

同样是植物，蒲公英没有牡丹的富贵，没有月季的艳美，没有池塘荷花的高洁,它只生长在路边的草丛中,幽静地隐藏在不被人们注视的角落,默默无闻地开着自己的小黄花,结着自己的种子,放飞着自己的梦想。听了靳伯伯的讲述,我又知道了它还关注着人类的健康,蒲公英的渺小彰显着它的伟大……

蒲公英,我敬畏你,我能像你一样为自己而生活,无须人们的媚眼,无须肥沃的土壤,无须翅膀,无须园丁的浇灌,不问人间的纷扰,不问红尘的恩怨,只需能容下微小种子的土壤,只需一缕清风,就能长出嫩叶和嫩秆,与风结伴,放飞自己的梦想,那该多好啊!

2015 年的第一场雪

清晨,被冻醒,推窗一望,白茫茫的一片,霜降刚过,便迎来了今年的第一场雪。

其实还没有进入冬天,只是北方的天气跟着节气变化得有些太快。晚上入梦之前,还是满天繁星,岂不料第二天起来,绿色的枝头上已经覆盖了一层白色的纱绸,杨柳的小蛮腰若隐若现,更加妩媚动人,半枯萎的草地盖上了一顶顶小圆帽子,星星点点的,远望还以为是满地的蘑菇呢!大自然的秀丽绝美,给生活增添了许多情调。天水这个城市,不像北京上海,放眼是望不到边的水泥框框,这个山清水秀的小江南,青山绿水间的灵气是一线城市确实不曾有过的。

记忆里的麦积山总是处在烟雨蒙蒙的仙境里,却从来没有身临其境在雪的美丽里,第一次体验不一样的意境。朋友说他见过这样的情景,是一个信佛的师傅说的,这就是琉璃世界。我对这个似懂非懂的佛家词语虽然感觉到很陌生,但是我想,它一定表达的是一种超凡脱俗的境界之美。

站在佛祖的脚下,也许是由于有佛光的普照,竟然没有一丝的冷意。本是说好和朋友一起踏雪寻梅的,只是并未见到哪里有傲人的梅花,便不知不觉一路走到了这里。我一直喜欢雪的纯,它就像出生的婴儿,没有被世俗玷污,没有被生活浸染,单纯可爱的样子,人见人爱。

爱出了台

"浩然,我们分手吧!"

"为什么?"

"对不起,我还是喜欢宝马。"

……

此时此刻的陈浩然只有吸进来的气,却没有呼出去的气,天旋地转。为什么? 为什么? 难道真爱就抵挡不了那一沓钞票吗? 难道没有房子、没有车就没有资格去结婚吗? 难道誓言就真的这么经不起糖衣炮弹的袭击,瞬间会成为活生生的谎言吗? 这是真的,昨天的一幕幕还是那样地记忆犹新,可是现在却是人去楼空。

他发疯似的在雨中奔跑着,眼前出现的却是初识燕子时她那可爱、青春、活泼的身影……

"大家好! 很高兴也很荣幸在这样的一个特殊的日子里和各位叔叔阿姨相聚在历史悠久、驰名中外的麦积山。首先我代表我们幸福旅行社向各位父亲致以节日的祝福,其次我希望大家在这次旅行中玩得开心,游得舒心。我叫刘燕,大家叫我燕子好了,这样更亲切。"

雨水和泪水早已分不清了,可是不模糊的是那些过去……

"麦积山,又名麦积崖,始建于十六国后秦时期。景区内松竹丛生,山峦叠翠。周围群峰环抱,麦积独秀崛起,是中国秦岭山脉西端小陇山中的一座奇峰,海拔一千七百四十二米,距天水火车站三十公里。孤峰崛起,犹如麦垛,人们便称之为麦积山。"

他永远都忘不了第一次与燕子在麦积山的相遇。燕子是一位很出色的导游。那天是父亲节,台里派他去跟踪拍摄一个活动,燕子形象生动的讲解,她的才华,她身上散发的朝气吸引了他,于是他们相识了。

"燕子,如果我一辈子都没有房子、车子,你会一直和我在一起吗?"

"说什么呢?我爱的是你的人,又不是房子车子,以后不许你用那些庸俗的东西衡量我们的爱情。"

想起这些曾经不算誓言的话语,陈浩然心如刀绞,当时燕子埋怨的眼神、坚定的语气是多么让他感动。

"燕子,我发誓,一定要让你过上好日子,不让你受半点的委屈。"

也是因为那次感动,他们第一次相拥,第一次接吻。甚至彼此觉得对方就是自己要过一辈子的人,永远会不离不弃。

也许只有此刻,陈浩然才明白爱情不是轰轰烈烈的誓言,而是平平淡淡的陪伴。

"知道什么是爱么?"

"不知道。"

"爱不是放你走,而是紧紧地拽住你说'不能走'。"当陈浩然说完这句话时,燕子泪流满面,一下子抱住了他。

"浩然,我爱你。"

……

这些画面都是过去的点点滴滴,但此时像是发生在昨天。

"燕子,我是这个世界上打着灯笼都找不到的好男人。"

"照你这样说,那是不是我的灯笼太暗了啊?得,我要去换个亮点的蜡烛。"

"你……"

"哈哈……"

陈浩然任凭风雨扑面,原来是这仅仅的一声对不起让自己受了如此大的委屈,那些甜美的笑声从此也就消失得无影无踪了,点点滴滴的过去该用什么去祭奠?

"不是每种牛奶都叫特仑苏,不是每个人都像我这样纯。燕子,你要是选择了别人,你以后一定会后悔的。"

"没事,那我就多吃些后悔药。"

"小学时候老师说过,这世上就没有后悔药,只有老鼠药。"

"大学老师还说过,没了太阳还有月亮。"

漫漫人生路,难道注定要这样结束,这些幸福的瞬间就要在此终止?遇见你在路途,殊不知你依然要远去;一场相遇已经是缘尽,犹如落叶后的凄凉;一场绚丽的开放,开至尽头的荼蘼。很多事情早已经不能自己掌控,即使多么地心痛,依然要继续地走下去。

不知是缘分未尽还是冤家路窄,竟然会在这样的一个雨夜让他们三个相遇。陈浩然呆若木鸡地站在那里,看着从宝马车里走下来的燕子和她的新男友,他是愤怒还是难过,自己也说不清了,只是觉得对面的男人是那样地财大气粗,而自己却又是那样地不堪一击。

"浩然,赶紧回去吧,会感冒的。"燕子在新男友的伞下对面前的旧男友说。

"你为什么要骗我? 为什么说你不爱钱? 为什么要对我说那么多好听的谎话?"陈浩然仿佛要一口气把十万个为什么说完。

"对不起,我……"燕子已经泣不成声了。

"小伙子,燕子现在是我的未婚妻,我们已经在筹备婚礼,请你以后不要再纠缠她,这样对彼此都好。"那男的回过头来对燕子说,"燕子,我们走吧,让他自己清醒吧。"燕子几乎是被那男的抱上车的。燕子不舍的目光,足以证明她还是爱他的,只是在这个物欲横流的社会里,爱已经不值钱了。

"你很有钱,为什么不让鬼推磨去?"

望着远去的车影,陈浩然大声地号叫着,他在这样一个很现实的社会里,输给了一个很有钱的男人,一个能当她父亲的男人。他的尊严已丧失殆尽。

人与人之间的相遇就像是流星,瞬间迸发出令人羡慕的火花,却注定只是匆匆而过。

　　回去的路上他哭了，除了无能为力地走着，他还能够说些什么？他还能够做些什么？他好希望她会听见，为爱你我让你走，只要你过得幸福。从燕子离去那一瞬间的眼神里，他读出了她对他纯真爱情的留恋和她对金钱铺就的婚姻的痛苦。只是真爱输给了现实，金钱让她放弃了爱情。

暖　昧

夕阳西下,最后一丝余晖照在李满贯褶皱的脸上,他望着远方的天边,长长地叹了口气,嘴角却有一丝淡淡的微笑。

身后的麦子像一个个可爱的孩子一样,整整齐齐地在地里站成了一排,手中的镰刀也疲惫地躺在田里喘着气。老李慢悠悠地从口袋里掏出了旱烟袋,又拿出陪了自己大半辈子的烟斗,娴熟地装好烟,掏出打火机,点燃后狠狠地吸了一口。与此同时,山下炊烟四起的农家里,总会有一个人在做饭,等待割麦子的人回来。乡村的夏天,被重重的感动包围着,炎热伴着幸福,丰收的喜悦远远大于烈日下的辛苦。然而老李的家,却永远没有了那份等待。

八年前,五月十二日,突如其来的一场天灾,他失去了老婆,也失去了儿子,从此一家三口的画面就定格在那次天摇地动的恐惧里。为了封存那些美好的旧时光,他拒绝了救灾款和重建项目,他说,房子变了,就不是我的家了。这里有他们曾经的天伦之乐,有他们点点滴滴的过去,所以他想继续保留着。八年了,他没有再组建家庭,也没有一蹶不振,他每天的生活似乎和以前没什么两样。可是村民们都为他捏了一把汗,甚至村支书也说要把他送进精神病院,因为他总是给别人说,他老婆和儿子每天都在他旁边,有人路过他家的时候,曾经听到过老李的自言自语。

一锅烟抽完了,老李一下子精神了许多,他麻利地收拾好割好的麦子,拿上镰刀,踏上回家的路。到了村口,陆续碰到了吃完饭在门口闲聊的人:"他李爸,进来吃上一碗算了,乏得很,你就不走了。""不吃了,娃他妈做好了,等我着哩。""哎!"随着村民的一声叹息,接下来便是各种议论。

　　夜幕降临的时候,老李拖着疲惫的身躯,心里却幸福满满地踏进了家门。在他的心里,老伴一直活着,在家等他一起吃饭。

　　这是一个真实的故事!

背　影

初次理解"背影"一词，是课堂上学习朱自清的《背影》，当初也不曾懂得作者内心那些细腻的感情，只是由于应试教育的要求，记住该记住的。直到前不久上夜班，没有一个病人，便打开手机，翻出这篇在收藏夹尘封很久的文字，从头至尾，逐字逐句地读了全文，觉得还是不怎么能深刻体会，于是又认认真真地读了一遍。之后，便觉得眼眶有点微润，说不清是被朱自清那种真情流露所感动，还是由于触碰到了自己心灵的深处，或者是和自己的生活多少有点相似。比起电视剧，文字一般很少能打动我，电视剧或者戏剧都是因为有活生生的画面，所以经常一边擦眼泪一边看。想想，文字之所以没触动心弦，大多数原因是我没有认真地去理解吧，作者饱满的情感总是被像我一样的读者忽略掉，只是简单地去读而已。

夜已经很深了，窗外的马路上，偶尔有几辆上高速的车辆，昏暗的路灯也似乎半死不活，它们微弱的呼吸，我似乎能听得到。这个时间点，人们几乎都在抱着周公做着美梦，而我却异常地清醒，许是因为夜班要操心的原因，或者是因为没有睡意，又或者是因为刚才那篇《背影》，总之睡意全无，心中还有一丝颇不宁静的感觉，沉寂的夜又仿佛要被我打破。

努力搜寻着我记忆里的各种背影，不计其数，模糊不清，就像 PS 里面渐变的调色板一样。就这样筛选了好几个回合，终于定格在一个眼里充满忧伤，长满白发，脸上爬满皱纹的中年妇女身上，她就是我的母亲——一个很质朴，也很善良的女人。擦肩而过的背影太多，刻骨铭心的非母亲的背影莫属，即使父亲也取代不了。

小学，披着星星送我去学校，迎着夕阳接我回家的不是爷爷奶奶，也不是爸爸，而是母亲。一个转身就是六年，许许多多的背影连成一幅永不褪色的画卷，我抱着这幅画不懂得珍惜，结果把它丢到了几乎找不到的地方。

中学，没有了接送，多了一份等待和牵挂。早晨在祝福中背着沉重的书包步行四十分钟去上学，晚上载着月亮回到离开一天的家里。母亲说，她一直在看墙上的挂钟，什么时候下课了，什么时候上课了，什么时候放学了，如果错过回家的时间，没有看到我的身影，她心里就开始发慌，乱七八糟想好多：是不是晚自习加课了，是不是路上遇到坏人了？那种如焚的心情，我想只有我以后做了母亲或许才可以体会得到，现在只能是一种想象。就这样，春夏秋冬又过了三年，我依然没有珍惜这份来之不易的爱，也不懂得母亲的良苦用心，同样的一幅画被丢失了。

高中，从初中一天回一趟家，变成一周回一趟家，甚至是一个月回一次家，母亲的担心牵挂里，又多了一份期盼。数年寒窗，对于学子和家长来说，他们的愿望或祈盼就是金榜题名，让母亲欣慰的是，我们几个都没有辜负父母的那份期望。我们一门心思地学习、学习、再学习。每次考完试，听到成绩时，母亲眼神里的那丝喜悦，我至今都记得很清晰，我能读懂她掩饰不住的高兴。只是有时候，付出不一定会有收获，高考时，我还是落榜了。在同学、老师、亲戚的质疑声里，我除了沉默就是沉默，除了泪水也只能是泪水，母亲那时的眼睛是红肿的，我知道她是在为我难受。

工作了，也到了结婚的年龄了，母亲又开始为我的终身大事而发愁。她每天的问题不再是问寒问暖了，更多的是关于对象的事情，她说："你成家了，我就放心了。"

母亲的一个转身，就是几十年。作为子女，欠她的真是太多太多了，我们不曾为母亲分担过一点苦和累，这些年只是一味地索取。"谁言寸草心，报得三春晖！"

笔落寞，念倾城

有一种念想，无法传递。

总想给你写封很长很长的信，把自己这么多年的念想全部说出来，我知道你听不到，可是我也不知道你会不会收得到，到底有没有阴间的存在，谁也无法说得清楚。我不是一个迷信的人，但是此刻我却真的希望有所谓的阴曹地府，这样你就可以看到我的信件，你就可以知道你丢弃的亲人是怎么样的现状，爱你的人是怎么样地想你，你也可以看到辜负你的人最终会有什么样的报应。也许我说这句话有些是非，只是你的离去给我以后的婚姻生涯重重地画了一笔，我越来越不想结婚，我越来越不相信男人的那张臭嘴，或者我有些以点带面，毕竟你只是一个例外的不幸者。

那年一个电话，得知你被送进了医院，抢救了三天三夜，最终把你从死亡的边缘拉了回来，我们都高兴得泪流满面。妈妈说，你是她最懂事的妹妹，所以她有什么心事总是给你说。在你昏迷的日子里，所有人的心都悬在嗓子眼。生病和死亡，是每个人都无法逃脱的灾难，只是你太年轻，没有一个亲人想让你这么早地离开。我还记得我去医院看你的情形，医院的病房满得已经容不下你了。过道里，一张单人床上，挂着吊瓶，而你就在那张床上昏迷不醒，你的意识模糊得根本无法认清谁是谁。那个情景，我至今也不想去回忆，眼泪淹没了我所有的愤恨。在此，我不想说任何人，我只是觉得你活得太可怜，你这二十年的辛苦全部让一个零代替。

你住院是在冬天，我最后一次见你是过完年的正月。那天和几个弟弟去,看见你浮肿的面孔,心里真的不是滋味,那天的饭菜我真的不知道是什么味道,心痛大于一切。我清楚地记得还特意为你拍了照片,因为我走的时候,妈妈再三叮嘱让我把照片带回家,她想看看你的样子。和你说话的时候,我一直在忍着自己的情绪,我不想在你的面前失控,不想让身心疲惫的你病情加重,所以我人生第一次把痛装在心里,面带微笑。你几乎没有给我说什么,我倒给你说了许多乱七八糟的事情。

和你道别的时候,我几乎是崩溃的。一路上,我已没有了去时的笑声,我默默不语,弟弟们也跟着沉默,我想也许他们的心情和我是一样地沉痛。一路的春雪还没有融化,走在上面咯吱咯吱地作响,我隐约中,总是听见你在呻吟着。我的思绪很乱,大多数是以回忆为主,不由得会想起二十几年前你还没有出嫁时候的小事,那时候多好!如果时间可以停滞,或者可以倒流,我希望永远在那个时候,我不要长大,你不要成家,这样所有的事情就不会像这个时候这么地悲伤。

就这样匆匆一别,接下来便是你离去的消息。我记得很清楚,马上五一了,还想着趁着假期和妈妈去看你,没有想到三舅的一个电话让我们所有的亲人崩溃。我们不敢给母亲说这个消息,怕她接受不了,自己最爱的妹妹,说没就没了。我先是把这个消息告诉了弟妹,然后就赶车回家陪母亲。母亲本是一个多病的人,也是一个很聪明的人,没有我们的报告,她也已经猜到了。因为那天早上你没有接电话,电话那边的人说你出去串门去了,等回来了再打电话。可是母亲怎么会相信呢?但是她依然看着电话等到中午,再等到我进家门,她死心了,母亲最后的一丝希望也断了。看着她伤心欲绝的样子,我觉得天仿佛要塌下来。母亲说,人都要走这条路,只是你走得太早,要是再晚十年,她就不会这么心痛。她习惯了在你生病的这些日子里和你每天通电话,这一下子听不到你的声音,让她如何去适应?

我是含着眼泪写这些文字的,我知道母亲是看不到的。因为她不认识字,父亲也不会去读给她听的,因为他不想让母亲再度伤心。至于其他的姐妹读到这些文字的时候,是怎么样的感想,我不想去知道，因为所有的情感都因为你的离去而淡了很多很多。

后来，每次梦见你，你总是笑得很灿烂，我不知道是我潜意识里希望你不要像活着时那样忧愁，还是你真的是解脱了。我把我的梦境说给母亲，母亲说也许离去是你最好的去处，生前那些痛苦都化为灰烬，这样你就不用伤神费脑了。不管有没有这么个说法，如果有那一世，我希望你能进天堂，不要像活着的时候过那地狱般的生活。

一支落寞的笔，在纸上游走的时候，总有千言万语。思念的闸门，关也关不住地往出倾泻，爱与恨都已经成为浮云，唯有那种念想永远在。

读书人随笔

　　而今才道当时错，一时疏狂，夜尽天明，满城风雪一城藏。

　　凌烟未起掩作尘，几番回首，半生思量，城中好事初相识。

　　民国前儒生养气，泰山崩于前而面不改色，宠辱不惊。这是讲究，也是规矩，也有人说是"端着"。儒生做事求无愧于天地，蕴养一腔浩然正气，为天地立心，为生民立命，为往圣继绝学，为万世开太平。以此为毕生追求，希冀青史留名。著书，立说，传一诗书之家。亦或读书出仕，求功名，泽被后人。书生少，立言传世不易，仕途更是艰难，有功有名之人甚是稀少，功名两全更是奢望。风斜雨急，花浓柳绿，一着不慎，失了气节，断了那股气，就再难养成，功、名皆失。单求名，或只谋功，大都毁誉参半。更多的书生，求得安稳、平淡一生，无大错，无大功，也无声名。功成名就之人寥寥无几。

　　清末屈辱百年，连带文人也备受倾轧，大势之下，儒生无法驾驭不断恶化的局势。国体受辱，民族蒙羞，缺少有效的手段去力挽狂澜，昔日仕人的辉煌渐渐化作历史的尘埃。之后民国成立，革命却不曾进行彻底，造成军阀混战的局面。说到底，国人还未曾走上正确的路子。当此时，各路草莽、豪杰，或是前清遗族，纷纷鹊起角逐天下。同时外国势力乘机侵入，浑水摸鱼。中华民族以血泪为墨、人命为笔，书写了这一段历史。宁做太平犬，莫为乱世人啊！同以往的改朝换代不同，这是两种不同文明的碰撞，要么新生，要么消失。这时候的书生信仰崩溃，千年的传承破碎得干干净净。有人奋起争渡，寻求出路，不惜前仆后继；有人卑躬屈膝，阿谀谄媚，求得苟活于世；有人坚持固有，随同一个时代落幕。对于一个民族与国家的新生，古老的文明脱胎换骨来说，这是必不可少的过程。整个民国，书生都在重新认识民族；不单书生，个人也是如此。书生由原来的上一阶层回归民众，新的思潮涌现，书生逐渐转变为读书人。这一类人寻求西方强盛的缘由，学习先进的知识理念，从最初的生搬硬套，到最后灵活运用，逐渐演变出适合民族特性的思想主体。从表层的肤浅认知逐渐加深、升华，这一阶段的读书人摆脱了书生的固有思维套路，将目光逐渐转移到工学、自然、经济等一系列以往列为杂学的领域，融入整个社会，参与新秩序的建立，引导着社会的走向。

新中国成立后，有人鉴于以往的历史经验教训，对绝大部分的旧有文化思想持反对态度，视其为洪水猛兽，弃之如敝屣，随之产生了"臭老九"之流。同时也对西方思想产生抵制，但对先进的科学技术十分渴求。这一时期的读书人乃至全体民众的社会责任心和凝聚力空前强盛，信仰也格外坚定。及至后来思想解禁，读书人的思想意识由混乱到逐渐现实、利益化。

悠久、厚重的历史沉淀，坎坷的求变，生存之路，是继承过往的辉煌，还是接受外来的璀璨？也不知这读书人的脊梁骨终究还剩几两！

春天里

　　小城的春天这两年多雪，也可能是以前未曾留心。

　　开春的时候，那雪啊，就扑簌簌地下个不停。春雪不似冬雪那般轻盈、优雅，不会飘飘洒洒地填满天地间的空隙。若说雪是精灵，那么春雪这小精灵一定是喝多了水，它的每一寸肌肤下都饱含着水分，透透亮亮的。自云头跌下，来不及享受途中的风景，吧唧！就融进了那块干旱了半个冬季的土地。于是，这块黄土地就湿湿的、润润的，整个世界也都是腰肢舒展的声音了。

　　暖风，嫣红，鹅黄，脚下的土地悄悄地触摸着春天。那一丛丛的嫩绿，夹杂在枯色中，是那样地显眼。春天，多么诱人的季节，注定发生许多故事，存留好些记忆。有多少人会悄然离去，又有多少人挽起一池春水，荡漾着涟漪！

　　春日里，乍暖还寒，心弦也忽紧忽舒。

　　春天的气息永远是那么躁动不安，那年轻的心，在春风的渐熏下，醉了！春风怡人，春色醉人，岂能不沉迷？犹记得那年，上方的天空蕴杂着兴奋与紧张，期待与忐忑发酵成了一坛不知名的新饮，留待时光去沉淀。或许在另一个春天品尝出别样的滋味也未可知，或辛辣，或感动，或孤独……

　　整个季节，暗香浮动着。我攫取着一份莫名的心情，在料峭的春寒中，所有的人都在彼此温暖着。那时，有个梦想，保留这份温暖，让它延续整个生命。不过，一年有四季，时时不同，怎能守一弃三？或许哪天，梦回那时，拾起遗落在四处的脚印，弥补一下缺憾，道一些本该说出却未曾开口的话语,再听一听那没心没肺的笑声与调侃,摸一下那柔嫩的柳枝,放肆地大笑三声,仅此而已,也就仅此!

　　有一段时间,总是在梦中追逐着太阳,看它一点点坠入西山,就努力地去伸手触摸。醒来后就会想起,身边的亲人、朋友总会有一天一个个地离去,而我却无可奈何。那时的我,还会留下什么? 满身的遗憾吗? 怕是仅有不多的回忆,留待追忆。旧友,旧友,今在否? 可还记得,时光划开的两岸落满我们的骄傲与失落?

　　当夏季接替过春天后,悄然地发现,我落后了。

　　当烟雨笼罩了千家万户,有谁会埋葬在这春天里? 或许有那么一天,那么一人,在高高的桃树下,诉尽心事,静看儿孙媳妇一一返家。桃树下的青冢前,留一案新香新茶!

单 色

作为一个旁观者,当暧昧的气息在你的周围蔓延时,整个空间的颜色是七色彩虹,而我心里分分秒秒只有一种颜色,那就是白色。黑色太沉重,红色太浓烈,黄色有些艳丽,唯有纯洁的白,给我一种平静,没有一丝波澜。在这个夜幕降临的时候,不想去猜测人性,也不想过去和未来,只想静静地保持一片空白。

饭桌上,同事都在说自己的老公孩子,我只能做一个旁听者。没有老公,没有孩子,我的人生就像一张白纸,偶尔有几个素描般的身影出现,可是在岁月的冲洗中,依旧什么也看不见。曾经也想认真地画一幅水彩画,让这些颜色填充人生的空白,只是颜料和笔总不在同一起跑线上,所以至今我的世界里依然是一个人的单色,没有一家子的那种斑斓。

因为喜欢白色,所以便恋上冬雪。每次大雪纷飞的时候,我都格外地开心,即使冻得双手僵硬到发红,我依然捧着那些精灵不肯放手。如果说人性一定有软肋,我想我的软肋就是它,我爱白爱到了骨头里,谁也没有办法体会到那种热衷。

童年的记忆是比较灰的,所以对于颜色不是那么敏感,也不曾发现我钟情于白色。直到有一年冬季,高二周末回家的时候,车早已经没有了,我便和妹妹肩并肩徒步回家。十五里的路程,我们一路踏着雪,顶着月亮回家。那一段路,似乎很长,一路的白给了我很多启示。那个晚上我一边和妹妹说各自班级的人和事,一边想自己的心事。月亮下的影子一直陪着我们姐妹俩前行,周围寂静得有些落寞,偶尔会听见沿路村庄狗叫的声音，看到村庄的点点星灯。这个情景给予了我许多的灵感，我可以忘却白天题海战中的各种烦恼，让我的思绪无边际地遨游。从那个时候起，我就莫名地爱上了雪的白，也就忘记了雪带来的寒。

后来，毕业了，人们都说这个社会是个大染缸，出缸的人都是彩色的。我当初不太明白这些话，渐渐地，看到的多了，经历的多了，就彻底明白了这些话的含义。纵使社会是多么色彩斑斓，我坚信只要自己心里有一片净土，世界能奈我何？以至于这些年，我所有的衣服都是以白色为主，只是自己不争气的皮肤和这些白色有些不搭调，朋友说是我太追求完美，或许是，因为不想让那份纯真失去原有的白色，所以才想拼命地去保护。

单色是有些单调，单调得甚至有些乏味，只是我习惯了这种在别人眼里的无聊，不为别的，只因自己喜欢。喜欢到想和世界脱离，喜欢到别人觉得我有些傻。

等 待

夕阳无可奈何地抓住地平线,她似乎要用尽全力再为王大娘争取一丝的希望,只是大自然也有自己的周转规律,她最终还是丢下了满眼泪花的王大娘,西下了。

刚才还有微弱的阳光,瞬间夜幕降临,这之间的落差让大娘有些招架不住,希望与失望就在一瞬间。

她口里念念有词地拄着拐杖往家里走,由于眼睛常年在泪水中浸泡,所以视力一年不如一年。她的背影是摇晃的,有风的季节里注定会随风而倒,擦肩的人,都会上前去帮扶,因为不忍心。

"又去等你那喂狼的儿子?"儿媳妇小刘一边用手里的扫把打自己的婆婆,一边破口大骂,"你那活不见人、死不见尸的窝囊废和你一样,都是没有用的东西,他要是在天有灵,就把你叫了去,这样我就解脱了!"王大娘不出声,只是两只胳膊无力地阻挡一下落在身上的扫把,泪也似乎随着夕阳的逝去而干涸了。带着失望回家,谁知又被赶出了家门,用绝望与伤心也许总结不了王大娘的心情。其实她很明白,只要她死了,什么事情就都没有了,但是她心里的那份母子情割舍不了,她始终觉得儿子只是出远门了,有一天会回来的,所以她就这样在饥寒交迫、打骂中等着。她永远记得儿子最后一次走的时候说的话:"娘,我出去给咱们挣大钱去,家里就交给你和俺媳妇了。她脾气不好,你多忍点。""儿子,你啥时候回来?""娘,太阳落山的时候我就回来了。"

"好好好,你走吧。"

就这样,儿子一去就再也没有回来,寄出去的信也全都退回来了，电话也停机了，断了一切信息，没有了音讯。有的人说让人杀了，有的人说进了传销了，也有的人说也许是失忆了，记不得回家的路了。不管哪种说法都只是一种无端的猜测，真正的原因谁也不知道。

渐渐地，媳妇小刘变了，和村里的一个单身汉好上了。大娘不敢管，也管不了，只是一个劲儿地说："造孽啊！天杀的，陈家上辈子做了啥亏心事……"刚开始也许是顾及自己的颜面，媳妇小刘也还遮遮掩掩的，可是时间长了，王大娘也不敢再吱声了，否则除了挨打便是挨饿，所以她也学会睁一只眼闭一只眼了，什么孝道、伦理、道德，媳妇小刘最终认为都是狗屁。

春去秋来，最难熬的便是寒冬腊月。王大娘穿着一件还是老伴在世的时候缝的破得早已不是棉袄的棉袄，双手和脸被冻得发紫，凌乱的头发白得和地上的雪几乎没有什么区别。冬天，能看得见太阳的天数少得可怜，一个月里有十五天已经很感谢上苍了，在这时日里，王大娘的心里更是难熬，寒冷和饥饿都不算什么，比起等太阳，其他的都是浮云。有些村民实在是看不下去了，便会偷偷地端一碗热气腾腾的馓面饭给她。不知是冻得太久，还是心里早不知道热的存在，她大口大口地吃着，看见的人都觉得心疼。

太久没有温暖了，太久没有一碗可口的饭菜了，所以只要有人给吃的，她不管什么都会吃。民以食为天，不能饿死，还要见儿子，这就是她活下去的希望。不过给饭的事情，一旦让媳妇小刘看见，不但大娘要受一顿皮肉之苦，给饭的人也不得安宁，大多时候村民都是爱莫能助。

"人在做，天在看。"

"你说她就不怕遭雷劈吗？"

"她就是个扫把星，克死了丈夫，还害婆婆。"

……

村里人的议论，媳妇小刘早已当成了耳旁风。她越是听别人骂她，反而越是每天打扮得光彩照人，和那个男人俨然是一对夫妻，同出同进。

母爱支撑着王大娘忍受着一切的一切，她还是一如既往地等着、盼着。

丁 香 结

　　他，初入仕途意气风发，才华横溢却有些狂傲自大；她，出身名门知书达理，玲珑可人却一心想自觅夫婿有些叛逆。

　　他和她不曾相识，只因为她的一首《丁香赋》，让他低下了高傲的头拜在了她的石榴裙下，从此他魂牵梦绕无法自拔。于是，他动用了所有的关系终于与她有了婚约，而她是一个不甘认命的冷美人，当花轿行至翠云山时，她借口方便与心爱的人一起远走高飞了。

　　当他听到这个噩耗时如遭雷霆，他不顾一切地奔赴翠云山，漫山遍野的丁香结同心竞放，他捡起新娘子的嫁衣沉吟良久。于是，他辞去了官职。从此，以山为妻以花为妾，开设旅店迎南送北。他为过往的行人提供了一个暂居的港湾，也为自己那颗飘忽不定的心找到了一丝安慰。

　　她放弃了锦衣玉食，断绝了与家人的联系，与心爱的人四海为家，颠沛流离，居无定所，没有怨言。而她心爱的人功名未取，又因为私奔而与家人闹翻穷困潦倒，却始终放不下读书人的架子自谋生计，每天靠她卖绣帕的微薄收入勉强度日。后来他们辗转回到了翠云山，出于同情，他不收他们住宿钱，只是偶尔应急时请他们帮会儿小忙。

　　她生病了，却因为没有银钱而一直拖着，他于心不忍，给了她三两碎银。而她一心只为她的心上人，并未去药铺而是置办了一桌酒菜，只是因为那天是她心上人的生辰。酒过三巡，她的心上人有些醉意，竟然抱头痛哭。

"我无营生之能让娘子受苦了。"他拉着她那双有些粗糙的双手，眼神模糊，满腹辛酸。

"日子虽苦妻无怨。"她意志坚定，含情脉脉。

月如钩，似水流。眼前的这一幕让他这个局外人也分外感动，此情此景他在想，那个新娘子是否也会在月下想起那段不堪回首的记忆？他拈笔蘸墨，将无尽的相思寄托在了笔尖："酒未干，泪痕残，昏灯移过夜阑珊。新嫁衣，未着身，一滴相思泪无缘。一支笔，两行情，情到深处断人魂。丁香密，千千结，梦中彩蝶结婵娟。"

丁香花败了又开，她的心上人后悔了，后悔当初的鲁莽行事；害怕了，害怕饥寒交迫漂泊不定的奔波；怀疑了，怀疑眼前这个人是否值得自己去爱。面对这些决绝的言辞她的心有些微痛，她的努力最终还是付诸东流了。心上人选择了家人的安排与富家小姐结为丝罗，她的一往情深换来的却是如此的绝情与无义，她的心碎了，她想到了死，她想把这一段孽缘随同她的躯体一同埋葬于大海。他阻止了她的愚蠢行为，也为她的生命开启了新的一页。

有了她做伴的日子，他的脸上时常挂着笑意；她面对昔日那个被她抛弃的新郎，暗自发呆。

又是一年花开季节，眼前这个受尽磨难的女子让他心生爱怜，而她的才学又让他佩服得五体投地。他不想探究她过去的故事，他只想走进她的生活。也许是他决心重新来过，他竟然从内心喜欢上了她，这一切她自然是了然于心，只是只字未提。有一天他终于鼓足了勇气说："愿意和我白头偕老吗？"她低头无语。他拿出了当年的嫁衣与她试穿，她却心如刀绞。那一针一线是那么的熟悉，那衣角上的"梅"字是无法抹去的证明，她就是那个逃跑的新娘子。他没有发怒，依然为她披上了嫁衣。

后来，生意冷清了，日子也过得紧凑起来。而他视她为掌上明珠，容不得一丝乱风掠过；她也视他为心肝宝贝，从来不让他有半点磕碰，清平夫妻胜过蜜甜。接下来或许是命运的捉弄，这一切还是被打乱了，她原来的心上人拿着三万两银钱想与她的丈夫做交易。

"你把她还给我吧,这里是三万两,三万两啊!"

"我是真心的。"

"真心?你能给她幸福吗?"

他后退了,因为他给不了她幸福,而她的心却在滴血。

丁香花落了,他为她践行,她喝醉了。

"你这个人贩子。"

他的心在啜泣,却无力去澄清这一切。

"你为了三万两银子竟然把我卖了!"

他忍不住了,泪水顺着脸颊而下,他拿过包袱。她用颤抖的手拿起了那件嫁衣,她想撕碎这一切,而在嫁衣被提起的那一刻,银票掉在了地上。她呆住了,原来她错怪了他,她用尽平生力气将银票撕了。她一头扎进他的怀里,再也没有出来。站在一旁的那个原来的心上人默默地走了,他忘记了自己会语人言。

她不知道她的故事会被世人传唱,他也不知道他的经历会被演绎成多个版本,而他和她的故事只是一个丁香结。

冬　恋

　　喜欢看雪花飞舞的情景,喜欢听雪花落地的声音,更喜欢感受它滑过指尖的那一抹冰凉。恋上冬,爱上雪,不知始于何时,只记得那晶莹剔透的精灵满天飞舞时我的心便随之舞动。

　　许多时候觉得自己是一个悲凉的人,穿梭在滚滚红尘里,编辑着自己模糊不清的人生,被世间的复杂灼得遍体鳞伤。所以我喜欢冬的寒,它可以封冻我的心口,来减轻现实给我的疼痛,给我的灵魂一丝安慰。

　　女人总是脆弱的,在这样一个无眠的冬夜,泪依然洒湿了枕畔,心酸早已经淹过了心海。只是看淡了许多,不再去憧憬美好的爱情,也不再去幻想美好的未来,只祈祷我身边的亲人朋友都健健康康,这就是我最大的满足,人生里的种种欲望都是过眼云烟……

　　看着好友那些凄美的让人心碎的文字,我的眼睛会潮湿,只是我知道这种情感和我无缘。有时候自己也会写些伤感的文字,只不过,这些和我都几乎没有多大的关系,多愁善感已经不属于我了,十七八岁的时候已经过去了,这个时候理性远远大于感性。该放下的我绝对不会带进现在,该忘记的我也不会留在脑海,注定是过客就让他随风而去,惦念和牵挂只能徒增伤悲。

　　一个人的冬天是萧条的,零落的情愫飘了一地,怎么拣也不能拼出最初的模样。不去诠释别人的说法,自己的内心是苦涩的。每每这个时候,我总是用自己的右手去温暖自己的左手,告诉自己:只要还活着,就是幸福。事业、感情虽然都是那么的不尽如人意,可是我知道，只要我还在这个世间，一切都会好的。我不会再叹息命运的不公，也许来到这个世界，一切都是定数，该经历的总是逃不过的，还不如让所有顺其自然，一切随缘。与其唉声叹气地活着，倒不如开开心心地过好每一天。

多情剑客无情剑

秋风起，秋雨泣，只见剑影飞，不见君归来。

——题记

　　五百年前，与君飞雪为舞，同花凋笙歌；五百年后，寂寞如风，孤独相抱。五百年的历练，淡泊了所有，红尘若水，尘缘如风，儿女情长似水中月。今生来世，海角天涯，一山一水，一朝一夕，唯有这把剑陪我零落一生一世。失去，如此心痛；心痛，如此裂肺。

　　茫茫人海中，只因你回眸一笑，便注定了一段缘。曾记否，那长街之处，烟花绚丽之夜，我挑灯回看，便是你迷人的神情。短亭之下，红尘翻滚的记忆里，你忧伤的箫，纵使我涕滴如雨。天不老，情难绝，还在耳边萦绕。你我倾城之恋，感动众生。

　　那日，当剑深深地刺向你的时候，我滴血的心谁可曾看见？父母之仇，不共戴天，我用负你的情，报答了父母的养育之恩。苍茫大地一剑尽挽破，何处繁华笙歌落，斜倚云端千壶掩寂寞，纵使他人空笑我。心似双丝网，中有千千结。

　　"月儿，能死在你的剑下，我无怨无悔。"你走得如此洒脱，留给我的便是无止境的煎熬，从此那些恩怨情仇，成了我悔恨的源泉。一花一世界，一叶一追寻，一曲一场叹，一生为一人。生前我们一世无双，君合眼却一世悲伤，故有倾我一生一世念，来如飞花散似烟。

　　红尘的煎熬里，你的容颜时时刻刻都在我的脑海里回旋，挣扎之余，便是永无终日的心痛，把酒问青天，举杯问明月，无一应答。

　　愁,在谁的剑下结成千千结? 怨,在谁的玉笛里悱恻缠绵? 跨过江河,穿过高山,丝丝柔情如花瓣飞落。一首唐诗,一阕宋词,一曲箫音,涟漪了我前世今生的眷恋。

拐　杖

一根拐杖，
支撑着飘摇的暮年，
强者借你去摘晚霞的灿烂，
逐步走向生命的顶点，
还要用你画出满意的圆圈。

——题记

一根拐杖，支撑着飘摇的暮年。黄昏之即，落日的余晖映红了天的一边。夕阳下，一个蹒跚的老人，拄着一根拐杖，摇摇欲坠地随着夕阳西下消失在那个看不到边的乡间小道上……

这是我第一次读完老师的这首诗后脑海里想象的第一个画面。我们并非作者本人，也许不会百分之百地理解其诗里面的含意，但至少，如果是一个热爱文字的人，如果是有一定阅历的人，一定会深深地被打动。当然如果太年轻，也许不可能体会得到年轮的转动和人生的含义。

一辈子很长，用拐杖的地方很多，不一定是暮年的时候那根实实在在的拐杖，其实生活里的一个信念，一个支点，都是一根拐杖。

记得我小的时候，邻居一个阿姨得了很严重的病，其实那个时候我真的不知道所谓的癌症是一种什么样的病。那个时候我也只是个七岁的孩子，生长在农村，各种信息都是比较闭塞的。如果像现在，有了网络，随时一"百度"就可以知道许多信息。那个时候，除了听老师和周围的人讲，几乎没有什么信息来源，买课外书对于农村的孩子来说是很奢侈的事情。渐渐地，长大了，那个阿姨奇迹般地还活着，甚至比当时记忆中的好了很多。有一天和母亲说起这件事，才知道她当时查出已经癌症中晚期了，医生说活不过三年，这个噩耗让周围所有的人都很同情她。因为太年轻，所以都不忍心她这么早地离开；因为年轻，所以都希望她不要走得这么凄凉。可是，那个阿姨听到这个消息后，没有沮丧，也没有放弃，她依然很阳光地面对每一天。她说："既然老天给了我做人的机会，同时又给了我和别人不一样的身体，就说明这是上天对我的考验，我一定要熬过这一关。"听着觉得她有些天真，细一想，也许这就是她活着的信念。奇迹有时候真的会降临，只要你相信它是存在的。三年早已经过去了，她不但还活着，甚至还有了孙子。

这个事情一直在我的脑海里挥之不去，尤其在我毕业后走上社会，在事业感情都很失败的时候，我便会想到她。活着，一定要为自己找一根适合自己的拐杖，有了信念，有了支点，才能借着它去摘晚霞的灿烂，逐步走向生命的顶点，还要用它画出满意的圆圈。走出悲伤带来的失败，让好运跟着来。人生云水一梦，而我们就是那个寻梦的人，在羊肠小道上流浪，看流水落花的风景。终有一天老无所依，就拄着拐杖归来，回到水乡旧宅，喝几盏新茶，看一场老戏。时间，这样过去，甚好。

观寒窑有感

"咬破手指写血书,点点鲜血和泪珠;十八年来未回转,音讯全无为哪般;莫非成了负心汉,忘了寒窑王宝钏;记得当年彩楼上,为你与爹三击掌;抛却富贵彩凤袍,和你寒窑拜花堂;那日降了红鬃马,投军别窑战西川;割袍离去哭断肠,望夫坡上泪长弹;十担干柴米八斗,怎过寒窑春与冬。"

"榆钱柿糠马齿苋,难咽入喉十八年;只道今生难相见,却闻你尚在人间;你若忘了结发妻,休书一封莫迟疑;你若记得宝钏女,薛郎啊,你怎忍心将我来抛弃!"

看着传说中王宝钏写给薛平贵的信,心里的感觉是说不出来的一种痛。十八年的等待,不是任何人都能熬住的,这不仅是一个孤独寂寞的过程。

最初了解王宝钏和薛平贵是儿时听母亲讲的。母亲喜欢秦腔,所以她每看完一本戏回来,便会给我们讲其中的内容,所以对于秦腔我多少还是有些了解。那个时候,只是听故事而已,对戏中的人物、剧情,还有故事背后的意义,从来不曾去想过。直到后来,王宝钏和薛平贵的故事被拍成电视剧,期待很久的爱情故事,终于不再是用戏剧的方式呈现,只可惜,我看了一集便不再去看。电视剧和戏剧有很大的出入,故事被改得面目全非,儿时的记忆被涂染得乱七八糟,为此就再也没有往下看。偶尔一个机会,去西安,有些闲暇的时间,于是决定和朋友一起到故事发生地去感受这个凄美的传说。当我把我的想法告诉朋友的时候,她满脸的茫然,她不知道王宝钏是谁,更不知道薛平贵是何许人物。我无奈地笑了一下,就大概讲了一下情节,她听了以后,也没有多大的兴趣。我知道对于一个典型的喜欢各种"吧"的她来说,这些传统的文化是提不起她的兴趣的,但是她说可以陪我走一趟。

寒窑,一个一听就让人心寒的字眼,只是到公园门口,发现公园不是以寒窑而命名,寒窑只是其中的一部分。本是带着怜惜的心情去的,谁知道公园的名字让我心里不再是那么的恻隐——曲江寒窑爱情主题文化公园。

王宝钏曾经起居的地方很简陋:小小的房间,一尺见方的窗户,窗板是几根歪斜的树枝,窑洞内幽暗无光,炕下仅有两人转身之地。想想这个堂堂相爷府的千金小姐,从天堂一下子跌入地狱,暂不说物质方面,就精神方面而言,王宝钏已经是个很了不起的女子,而且在此一待就是十八年。她爱薛平贵爱得很伟大,没有一丝的杂念;她等薛平贵等得很煎熬,一个女人,在这荒郊野外的窑洞里,生活了十八年,没有一句埋怨。关于爱情的传奇很多,我想为何他们的传奇如此流传广泛,大概就是因为王宝钏的那份真诚和执着的爱感动了后人。对于薛平贵,我个人还是有点不看好,不管结局怎么样,在这十八年的等待里,有时候我甚至觉得王宝钏有些傻,等得有些不值得。

为了一个一无所有的讨饭者,和亲爹三击掌断绝父女情,她把爱情视为至上,把孝放在了第二,就凭这一点,薛平贵也不能把她一个人留在窑洞生活十八年。一个相爷府千金爱上他,并且愿意嫁给他,是他的福分,不管什么原因,弃一个女人十八年便是不负责任。他可以和王宝钏过着男耕女织的日子,可他偏偏要去当官。

探窑也是故居里的一部分,里面一张桌子,两边两把椅子,空着的地也就勉强能站两个人。想想当时王母来看女儿的情景,心一定是碎了一地,她苦口婆心地劝女儿回家去,可惜女儿为了等待一个男人,在吃饭都是问题的状况下,还是坚决不回那个相爷府。王允当年不让王母给宝钏吃的、用的,也是为了让女儿在绝望中回头,没有想到这样的良苦用心,也没有扭转女儿的心思。

所谓门当户对，不仅仅是在古代，在当今社会更是流行。一个市长的女儿，怎么可能嫁给一个面朝黄土背朝天的农民？所以我们不应该说王允太不解人情，当时他在朝中的地位也不允许他成为乞丐的丈人。臣子的议论，皇上的看法，使他不得不如此，有时候真的是人在江湖身不由己。

王宝钏面对爱情固然勇敢，甚至是伟大，敢于打破传统的媒妁婚姻，追求自由恋爱，可是她爱得有些自私，忘记了家人，忘记了家族。婚姻其实不是两个人的事情，是两家的事情，她单纯得有些让人心疼。

再说薛平贵，虽然他最终没有在荣华富贵中忘记结发妻子，但也已是驸马。王宝钏可以为他守身十八年，他却娶了代战公主，说是形势所迫，无可奈何，其实都是自欺欺人的借口罢了。他可以选择不做官，回来过平常人家的生活，却偏偏还是选择当驸马，权力和金钱的诱惑力永远大于所谓的感情。

对于十八年后的结局，有两个说法，一个说王宝钏已经饿死了，但还是很端庄地坐着，直到后来薛平贵三拜之后才化为灰烬，烟消云散。另一种传说就是秦腔中的大团圆，薛平贵把王宝钏接回了驸马府，并且让王宝钏做了正宫，代战女则做了妃子。不管哪种结局，最令人感动和牵挂的总是王宝钏的身影，一个柔弱的女子，为了所谓的爱情，牺牲了好多……

参观完了王宝钏生活的地方，心里很纠结。我不知道我的想法读者会不会反对，我也不知道我的观点是不是符合逻辑。

那天的天气是阴的，阳春三月，却寒意很浓，朋友被冻得直打哆嗦，一个劲儿地催我，说什么破洞嘛，有什么好看的，也就你这样的古董才会喜欢这样的地方，还什么爱情主题公园呢，直接是骗人！我看着她，只是一笑，不作声。我想即使我做再多的解释，她不懂，依然是不喜欢，就在这样的埋怨和催促声中，我带着比较沉闷的心情和寒窑告别，留下的只有我那数不清的叹息，带走的也只是那几百张照片。

花——开得艳丽，落得优雅

初夏的早上，院子里的几树玫瑰落下了许多花瓣，枝上继续含苞待放，继续绽放，继续飘落，继续着花开花落。我随手捡起几片花瓣，捧在手心，读着花的优雅。

花的一生，虽不长久，但从没有失去她给人间奉献的美丽和芬芳。她开得艳丽，落得优雅，一开一落是花的一生，从开到落都具有诗意。即使是零落在风雨中的花瓣，也不失她的芬芳，正如诗人陆游的诗句："零落成泥碾作尘，只有香如故。"

花离不开花开花落，人离不开从生到死，问花无语，但是她却用她的一开一落默默地告诉你，什么是浅淡，该怎样从容地对待人生，人间的纷纷扰扰、是是非非、浮浮沉沉、酸甜苦辣只是淡然一笑的洒脱。含苞欲放的花蕾数天后便会变成飘零的花瓣；亭亭玉立的少女，数年后将是风烛残年。流水年华，时光带走的只是虚幻的拥有，一树花除了享受阳光雨露，同时也躲不了疾风暴雨。滚滚红尘，少不了险象环生和世事的沧桑。

情由景生，油然想起不知出处的含有祥意的一句名言：世事无常，离开繁华浴凄凉，但是看淡了即是云烟；悲欢离合，想开了眼前就是一片永久的蓝天，心有沉香，何惧人间的恶风浊浪。

观花赏草是一种心境，给人平添感悟后的从容。一树花从含苞绽放到落地的花瓣，展示着时光的感知。历尽雪霜的花枝，最终给我们展示着季节的轻柔，虽不能长久飘香，但是她从嫩叶初展到鲜花盛开却始终保持着赏心悦目。

　　生命是一次旅程，正像一树花枝，亦是一段风景。面对花开花落的情景，打开心灵的窗户，将她移在我们心中，开出快乐的，带清香的花朵。

花开花落

办公室在五楼,我站在窗口,居高临下,看外面别样的情景。与平时看惯了人来人往热闹的城市相比,除了人变得矮小之外,没有多大的变化。上班第一天,一直带着期待与寻找的心情,在办公室人都下班走后的情况下,站在窗口,看着楼下,十字路口的情景真的不是我想的那样无聊,于是迫不及待地在朋友圈发了一段感慨。习惯了伤感文字的我,冷不防来点阳光的、积极向上的感悟,让朋友圈的人受宠若惊。其实人不是一生下来就伤春悲秋的,一半原因是和生活经历相关,一半原因是单纯爱那些文字罢了,我就属于后者。纵使一直在解释文字和我没有多大的关系,但朋友们始终觉得我在写自己。也罢,是或者不是,都不重要,重要的是我在岁月的蹉跎里,还能留点属于自己的记忆。

第一天上班,本来带着一丝不安和紧张,好不容易熬到了下班的时间,还没有容得我多看看眼前的风景,多联想一下生活的美好,一个电话就把刚才仅有的一点快乐全吞噬了。"小周死了。"电话的那头,声音有些沉重。是啊,昨天还好好的,今天就没有了,更重要的是还很年轻。虽然谁也逃不过死亡的关卡,但是如果走得太意外,太年轻,终归会让生者心中不舒服。死者的过去就像过电影一样,即使找不出经典的画面,却也历历在目。

当我把这个噩耗告诉母亲的时候,她长长地叹了一口气,说让我以后多去看看他的家人。生死之事千古不能移,总会在你不经意的时候给你意想不到的结果,所有的遗憾、难受都无济于事。活着的时候,一定要开心,生活压力再大,生命需要珍惜,不能随意对待,浑浑噩噩。

　　花开花落这是自然界的必然。唉! 人生也是这样,这个世界离开了谁都会正常运转,可是任何人离开了地球就永远地不存在了。外面的温度依旧比室内的温度高得多,马路上的行人依然匆匆地赶着回家,一切都照旧,春暖花开的季节依然是那么令人兴奋。只是有一个地方,那里有一个家,家里有老人、女人和孩子,他们的心是碎的,他们的泪是苦的。

花开盼逢君

春至之时，我的内心也蓦地生出一种期盼，盼着天暖，盼着花开，也盼着一场说走就走的旅行。走到哪里都好，我想和大山对话，与水为伴。我想与花草同行，一路携手。时隔经年，我还是那个爱做梦的女子，满怀浪漫，心存期望，怀念往昔，多愁善感。

一直以来，我保持着一副高冷的模样，宛若天边月，触不可及，归根结底还是害怕被漠视，也怕被遗忘。果然，刻意地疏离并未令我的心很自然地感到安宁，反而是一种空白，更是一种不安。

在闲暇时分，我依然会情不自禁地翻开以前的日记，怀念那些年里我遇见的人和倾付的情，以及那时天真无邪的自己。只是陈年旧梦里的情感，都随着旧人的离开而淡去。多年以后，我还在这里，独守一隅，寂静清欢，却物是人非。循着旧迹而寻，许多人离开了网络，只剩下了一个空间。我恍然，原来在时光的荒野上，我终究还是把你丢了。那样寂静，不着痕迹，如烟，似尘，再无归期。

曾经那么喜欢一个人，喜欢到骨子里，恨不能把自己的心给他保管，再容不下第二个人。直到伤了筋痛了骨，明白了不属于我，才满身狼狈地收回，于红尘中，安守流年。戏外的话任世人去说，我自荏苒光阴中守着一颗清心。一生奋不顾身的一次爱情，最后只教会了我爱好自己。

我时常望着眼前花落之景独自神伤，便忍不住去留了一言表达不舍之意。黛玉葬花的情景清晰可见，如今，我才真正明白，喜欢一个人，隔着遥远的山与水，就够了。也许多年以后，我成功地实现了自己的文学梦,也拥有了属于自己的一方天地,那便是栖息心灵的桃源。于是会有个如同我一样的痴心人吧,始终寂静驻足,默默关注着我的一切。在我无助的时候伸出手给我拥抱,在我快乐的时候与我一起分享喜悦,在我沉默的时候依旧每天能看到他的足迹。想说,这份情,我懂!

如今,我还是我,喜欢山水。宁愿不在城市里喧嚣,也要往青山绿水间摇荡。一生都梦想着身居田野的悠然,待陌上花开,我与君同住。

我还是我,喜欢远方。心中总有一条路通向远方,哪怕是不知名的远方,我也想要去游荡。不必记得归程,不用急着抵达目的地,只愿享受沿途的风景,我与君同行。

我还是我,喜欢绿色。因为这是大自然的颜色,这生机盎然的绿色,令我的心从尘世中醒来。仿佛我只身徜徉在广阔的原野上,自由飞翔,期待着与君相逢。

我还是我,喜欢花,同大多数的女人一样,对花天生有着一种抗拒不了的钟情。不论是娇艳的玫瑰,还是优雅的百合,或是不知名的野花,我都愿做个花中人,期待君的采撷。

也许我们都已长大,再不像从前那样倾诉,时常话到嘴边,在心里消化一番后,便作无言。所以,我们越发沉默,也越发冷漠。其实,岁月不应使人绝情,我们应在时光里变得更加温柔,这才是我们成长的意义。

如果有一天,我不再是此刻的我,不再任性,不再清傲,不再拒人于千里之外,那一定是我心已倦,时光亦老,而这一站的你我,缘分刚刚好……

一年中,最爱的当是春天。春暖花开了,我的心也随之暖了。在樱花芬芳的日子里,桃花、梨花也争先报到,我是爱极了这样的春景,心就此住在了春天里。

时光在指尖流淌着,滴墨成伤;尘缘总有书不完的风月,吟不尽的情长。想做一个风景里的旁观者,不染花事,不惹情愁,捻一阕清欢,在一朵花里悟透世事;怀一片莲心,在一池水中悟出菩提。待尘心落定,我在时光里等你,你依约而来,许我一生明媚。

一个人,一座城,有人出去,有人进来。心不过如此大,装的只是那些人。失去的同时也在得到,所以我愿意相信缘。来往之路人甲乙,有缘成为知己,无缘一笑擦肩。经过风,路过雨,缘来,我的生命里注定有你同行。

花开若相惜，花落莫相离
——深夜杂思

我说：世间所有的相遇都是为了久别的重逢。你说：我许三生三世的情愿与你相守。我说：爱上一个人，便会爱上一座城池。你说：尘埃落定，时光里只有你。我说：许你一世的温柔，不离不弃。你说：一诺千年，不负如来不负卿！

——题记

云烟雨巷里，如莲的心事，谁可懂？执一素笔，与光阴诉。人生如梦，回眸处，错了几世轮回，心怀惆怅念悠悠，空回首，怎了此尘缘？三更几许寒，梦碎无言，月影怜！

触动心灵的句子，总会让人泪眼婆娑；走进心里的人，总会让人恋恋不舍。夜的漆黑让人眼前眩晕，我试图将自己的灵魂丢弃在这冷冷的夜里，刚齐耳的短发被冷风撕裂得毫无模样。

心坎比什么坎都难过，心累比什么累都煎熬；找个爱自己的不容易，找个自己爱的也不容易，找个彼此都爱的更是不容易，所以好多时候，好多夫妻都变成将就。如果不是真心相爱，那么多感情里面都掺杂了物质和利益，所以电视剧终归是电视剧，现实里，即使那个人曾经出现过，其他人就算是将就，也会去成全。

那扇门，总是若隐若现。伸手，碰到一丝冰凉，遥望，又是那么近。在无奈与不甘心之间徘徊了无数次，用无形来拒绝寒冷，一次又一次地告诉自己，不悲不喜。当一切成为云烟时，岂能心如止水？我亦凡夫俗子，贪念只是在一个度之内而已，这支曲谁可懂？

深冬的夜冷得让人直打寒战，枕在一丝冰凉中，藏在角落的心事，孤独得有些可怜。越发爱上这样的夜，静得让人心生寒战，黑得让人徘徊在不知所措里。下个季节的渐变，下个夜的呼吸也许不再会是也许。

花开之季，我在树下等你归来；花落之时，你却在别人的故事里徘徊。一声叹别，我的泪目送你的离开，缘来缘去，如水若云，盼只盼，何时再相见？怎奈何，世事苦相离，素笺落尘，难抒笔。回眸处，两相忆，琵琶声声慢，谁懂此情浓，谁怜佳人衣渐宽？天涯两重梦，难再聚。人如初，月可圆？一世轮回一场梦，叹今朝，待明日。

怀　旧

　　怀旧是一种伤怀,世人大抵如此。亦如文字,是灵魂的皈依,终是难以舍弃。

　　一直说手机是我生活里的爱人,文字是我精神里的情人,缠绵悱恻。只是一年又一年,渐渐地,文字变成了我的亲人,深入骨髓,血肉相连,不离不弃。

　　走过了一场夏雨的洗礼,经历了一场姹紫嫣红,于是才懂得光阴中淡的真谛。淡,是要褪去华丽的外表,如茶,浅斟是纯,细品是香,是繁华落尽后心灵的一种宁静。在流年交错的点上,曾相逢了一眸花殇,终于明白,将心止于尘外,浅笑轻言人生的痴痴念念。行至水穷处,心早已素闲,唯愿时光终不负,坐看云起时,花香便自来。

　　从毕业至今,时光流逝得有些措手不及,恍若如梦。许多曾共悲喜的人,都隐居在生活的烟雾里。我明白,我们是食人间烟火的俗人,只是偶尔想起,心还会隐隐地疼。无论你曾经多么迷恋,那份喜欢也会随着时间的流淌而淡去,人或者事,都经不起时间的考验。许久不曾袒露心声,总感觉自己已经看淡了许多。只是自己终究是个恋旧的人,那一页页的童话,偶尔打开,心还是存有不可名状的伤感。

　　时过境迁,幸好还有你陪伴,我放弃了所有,唯独放不下文字里的温暖、善良与爱,喜欢一切一切的美好。想说,谢谢你,我的亲人。夏,就这样在秋风的催促声中恋恋不舍地走了。不论阴雨连绵或艳阳高照,乌云压顶抑或狂风突来,我终究是夏夜的精灵。夏去了,心依旧停在那些怀念的炎热里。要问,我为何对夏依依不舍?有的只是说不清道不明的情愫,细想若心向阳,四季皆是最美的风景。

我并不执着地怀念过去,只是有时候会后悔曾经发生的一切。转而想,也许命中注定,即使时光重来,我当初选择了另一条路,或许还是会经过那道岔路口。

每一个人的背后,都曾有过不为人知的过去,不曾经历过,就不会懂得。看似清高冷漠的人,或许曾经一定是热情似火;说是无情清绝的人,或许曾经定是轰轰烈烈地爱过。从文字里看是一个人的伤怀,折射出的是分离后的落寞;乍看是风淡云清,实际内心已千疮百孔。你越想掩盖过去,陈年旧事就跃然纸上。生活不会为了谁而改变,人只能无条件地去适应生活。

有时候过于求成功,只会让自己的心急躁上火。生活需要的是一颗平常心,宠辱不惊,有节有奏,不悲不喜。心态决定一切。谈笑往来间,真正的牵挂无非是一种情感,任谁也说不清。那是心底里的一份希冀,你若不来,我不敢老去。做一个生活里的过客,山水之间,不闻花事,不染花殇,循着一缕沉香,在淡泊中归隐。心自有万千风景,旧梦不需记。乘风而来,踏月而去,这便是一种洒脱。懂,是因为经历过。千种情绪,入心,即无言,这也许是成长吧。成长必定会伴随着痛,就像蝴蝶破茧时受的伤,成蝶后的美。每个人都会有或多或少的经历,傲骨终究是被磨成了平凡。不甘,却不得不顺从于命运,时光依在,我已等不起,过去的终究是过去了,想也是枉然。相信时光不负我,赐予温暖幸福。前行的道路上,身后的美好已无法捡起,回首是不堪的泪。幸福一定就在前方,我们没有选择,只能向前。

一生很长,长到怎么走也走不出道道围墙。一生也很短,短到来不及细数光阴,便一霎而过。怀旧只是缘于心情,有时阴雨,有时晴阳。

槐花情结

清风染花海,白衣素古都。

粘手一抹淡,唯槐香如故。

——题记

美好时光总是在我记忆的深处,槐花飘香的时节。微风轻轻吹过,一股优雅淡香扑鼻而来,亲切又熟悉,那是槐花暮春季节的信号,深深地吸了一口,气息令人陶醉。闻香放眼望去,远处那幽白的槐花已是满树开。白白的,亮亮的,像一串串凌空挂起的珍珠。一串串洁白的槐花缀满枝头,淡淡素雅的清香在空气中弥漫,虽淡而持久。槐花的甜透着淡淡的清香,含在嘴里,舌尖微触,便会感觉甜味迅速蔓延在口中,绵延不绝。槐花的香,清新而持久,不像昙花一现般短暂。槐花盛开的季节里,家乡的每一处角落都弥漫着淡淡的清香,许多游客会专门来看雪海的天堂。它的美,清纯而不妖艳,清素的一袭白衣裙,把一个个的花蕊裹在其中,微红的花蒂深藏在闺阁,不张扬自己的青春美丽,却蕴含着一种羞涩的朦胧梦,更加迷人。

在这个槐花飘香的季节,我似乎看到了昔日熟悉的情景:村里几乎家家户户都在忙碌着,把房前屋后的槐花树低垂的枝给削下来,当然这可不都是用来做槐花饭的。槐花的花期不长,花开久了,花的芳香就会散失,花也会老掉。在这个花开的季节,把吃不完的槐花蒸晒起来,花期过后还能吃上晒干的槐花菜。夏季炎热的时候,在田间劳累的人们回到家,将槐花用开水浸泡一下,打上鸡蛋,热油爆炒,黄黄的鸡蛋拌着槐花凉面吃起来别有一番滋味。人们说槐花凉血解暑，吃了槐花饭能够缓解疲劳，劳动起来更有力气呢！

当黄色的迎春花还没有开尽，当映山红点缀着青山，当梨花早已凋零，枝头长满似豆大的小梨子在春风的吹拂下晃着脑袋，在春雨中滋长的时候，槐树的嫩叶却开始在丛林中悄悄生长，晚来的绿更加闪亮。雪莲般的花瓣纯洁得连蝴蝶都要轻轻地采撷。在这个季节，很多放蜂的会齐聚山林，一箱箱蜂箱整齐地摆放在山路两侧，成千上万的蜜蜂飞舞起来像一股旋风冲进山林。放蜂的人在这个季节总是甜蜜蜜的，眼睛笑得眯成一条缝隙，老远就和买蜜的人们打着招呼。据说槐花蜜是蜂蜜中的极品，能润肠通便、润肺止咳、解毒、医疮、止痛，还能益气养颜呢。满山的槐花看上去白茫茫的一片，淡淡素雅的清香在和煦的春风里浮动。槐花是槐树送给大自然最美的礼物，她在向人们展示着自己生存的价值，更是在默默地奉献着自己的一切。

或许是出生在农村的原因，我对槐花情有独钟。离开家乡许多年了，每次看到槐花开，我都会忆起许多童年的事，好怀念小时候那段无忧无虑的岁月。那时只要逢周末，我便和小伙伴拿着竹竿和篮子，带上跟屁虫一般的弟弟妹妹一起到山坡上去钩槐花。有时候会为了一枝槐花而争得面红耳赤，甚至发誓不再和她玩耍。不过小孩子之间的矛盾，一夜之后，便什么也不记得了，还是和好如初了。放学的时候，我们会爬上树端摘一枝当作玩偶一般，边走边放在鼻下闻，偶尔摘一把花絮和朋友们打起花仗来。童年的幸福就是这么的简单，而且容易满足。一路散落的槐花，一路银铃般的笑声在山林里回荡。那时候，吃槐花、抢槐花就是春天里我们最幸福的事情了。妈妈做的槐花饭，是任何佳肴都难以比拟出来的味道，真想陪着妈妈一起做一顿儿时的槐花饭，把那久远的美好记忆再次拉回来。慢慢地才发现槐花情结一直在，隔不断那份藏在心底的亲情、友情，甚至是思乡情。

环指绕心，寄宿万世情

一如既往，劳累了一天的刘小军冲完澡，习惯性地拿出日记，开始寄情于文字之间。这样的情景已经整整重复了三年，白天忙碌的工作占据了他所有的时间，每天唯有这个时候，他才觉得自己只属于自己，自由的空间，幸福的想念，真情的流露。

2013 年 9 月 13 日　星期一　晚上　雨

"婉儿，今天过得好吗？有没有想我？下雨了，有点冷，要多穿件衣服，你的身体本来就弱，一定要照顾好自己。"

刘小军脸上带着微笑，眉宇之间却流露出一丝担心和不安。夜寂静得出奇，只有笔尖在纸上呼唤的声音，伴随着刘小军呼吸和心跳的节奏。

"宝贝，明天就是你的生日了，你知道吗？我今天又去那家店了，我三年以来送你同样的礼物你不会不高兴吧？"

"三年前，你二十岁生日，没有蛋糕，没有大餐，我们去爬山，去看夕阳，去走林荫小道，你却说这是你二十年来最快乐最幸福的一天，只因为有我的陪伴。在回去的路上，走到一家首饰店的门口，你停住了脚步，我清楚地记得那家门口的海报：一对情侣幸福地依靠在一起，互相牵着的手上有两枚闪闪发亮的指环。当时我看你看那张海报的时候，我心里是酸楚的，我没有能力让那个指环属于你，让它套住我们的幸福，所以只能默默地看着你。而当时的你说出了让我一辈子都没有办法忘记的话：环指绕心，寄宿万世情，永生不相离。"

"第二天,我为了给你惊喜,便用硬币自制了一对指环,戴到你手指上的那一刻,你的泪水就像秋天的雨。更让我刻骨铭心的是我们不约而同地说出了你的那句名言:环指绕心,寄宿万世情,永生不相离。

"岁月就在这样不经意间溜走,思念就在这样煎熬的记忆里升温,雨声总是这样无情地敲打着我的心坎,我分分秒秒都在承受着呼吸的痛,思念会呼吸,所以我很痛。捧一把雨水洗去脸上的落寞,却怎么也洗不尽相思的忧愁,久违的微笑搁浅在你看不见的角落里,那一抹忧伤,是悬挂在记忆里的画卷。宝贝,想你了,明天见。"

刘小军久久没有睡意,于是打开上锁的抽屉,取出一本很别致的笔记本,这本笔记本不是自己的,是自己的女朋友辛婉茹的。

2008 年 9 月 1 日

今天学校举行辩论赛,我的对手竟然是一个很帅气的男生,他叫刘小军。之所以对他印象很深刻,不仅仅是因为他长得好看,最主要的是因为他的口才和应变能力很强。

2008 年 9 月 5 日

今天我在校园里又遇到刘小军了,让我意想不到的是他还记得我的名字,并且向我打了招呼。

2008 年 10 月 1 日

今天居然接到了他的电话,约我去吃饭,心里甚是高兴,因为我感觉到他也喜欢我。窃喜。可是为了表现出女生的矜持,我拒绝了,很担心他会伤心。

2009 年 1 月 1 日

今天我们相恋了,在这个辞旧迎新的日子里,我们的爱情也随着新年的到来慢慢苏醒。初恋的感觉甜甜的,每天看见他我就觉得阳光很明媚,心情很饱满。

每每看到这些让人心碎的文字的时候,刘小军就会不知不觉地以泪洗面。也是从看这个日记开始,刘小军迷上了香烟,一根接一根地抽,自己不大的空间里,烟雾缭绕,烟灰缸里的烟头不计其数。人们说酒能解愁,那么在刘小军的眼里,烟能消痛,就像是镇痛剂一样,具有麻醉的效果。其实他自己也不知道这样的生活他还能坚持多久,只是只有这样他才会觉得她就在他的眼前,永远都在,从未消失过。

2009 年 2 月 14 日

今天我和他吵架了,他说他看见我和别的男生说笑。我既生气又高兴,我知道他很在乎我,同时也让我感觉他爱得很自私。我的学姐告诉我,爱情不是想象的那么完美,有时候很让人伤心。她们还说爱情的伤痛很难愈合,弄不好就成了一道永久的疤痕,可是我不那么认为,至少在完美相恋的日子里,我感觉到的全是幸福。小军,我爱你,一生一世。

2009 年 10 月 1 日

今天是我们认识一周年的纪念日,他买了玫瑰送给我,说我就像带刺的玫瑰,让他既爱又恨。我知道他的恨也是爱,此时此刻我感觉我是世界上最幸福的女孩。

刘小军做梦也没有想到,一次辩论会竟然成就了这段感情,也许这就是人们口中所说的命中注定。月老设好了他们相遇的情景,一切都是那么戏剧化,从相识到相爱都是那么的一帆风顺,直到现在他才深深地体会到暴风雨来临前的宁静是多么的可怕。

2009 年 11 月

今天我去医院做了检查,结果让我窒息。当医生告诉我我的生命只剩下三个月的时候,我几乎是昏过去的,为什么上帝对我这样的不公平,连一口喘气的机会都不给我?从小就是先天性的白血病,我知道我总有一天会从这个世界上消失,可是我没有想到这个结果来得这么快,让我措手不及。我怎么舍得离开我爱的人,我怎么舍得放下这段没有开花结果的感情?我不敢将这个消息告诉小军,我怕他接受不了这个事实,如果我能预料今天的结果,我当初就是死也不会和他在一起。对不起,我的爱人,没有给你美好的明天,只给予了你痛苦的今天。我不知道接下来的日子该怎么面对那个我爱到骨头里的男人,现在对于我来说,活着的勇气比死亡的勇气更可怕。

2009 年 12 月

今天又去做化疗了,这样的化疗已经好多次了,我在疼痛里强忍着泪水不让它从我的眼睛里流出来。为了他我必须坚强地活着。最近他一直问我怎么脸色越来越差,怎么突然戴起了帽子,这些问题让我坐立不安,我怎么忍心告诉他那一次次的化疗让我痛不欲生,那帽子底下已经不是曾经乌黑的长发,而是一顶没有光泽的假发。

2010 年 1 月 1 日

最近我的身体越来越弱了,每天只能静静地待在房子里,看着自己写的这些日记。我幻想着我走后他的样子,每天都在算着自己在这个世界上的倒计时,生命脆弱得让我心惊胆战,昨天还谈笑风生,或许今天就阴阳两重天,我终究要带着许多无奈,带着许多不舍走。落叶归根是大自然的生命规律,人生何尝不是这般呢?带着哭声来到这个繁华的世界,待消完前世欠下的债后,又痛苦地带着不舍离开,泪水早已流尽,只是来的时候无牵无挂,去的时候却装满了放不下。不,我不应该这么悲伤,这段时间有他的爱,我已经无憾了。

刘小军永远都忘不了最后一次的见面,生离死别的滋味也许只有经历过的人才能体会得到,那绝对不是用撕心裂肺就可以诠释的。

那天,他接到婉儿的电话,语音里的"小军"让他六神无主。在病房里,看着眼前的婉儿,他感觉到自己是世界上最笨的傻瓜。最近一周他都没有听到她的声音了,他后悔自己沉浸在新年新气象的节日气氛里而忽略了现在插着氧气管的女孩。

他握着她的手,她很幸福地笑了,很吃力地从被子里拿出一个笔记本送给他,用尽了所有的力气对他说:"对不起,没有告诉你真相,原谅我,以后要好好地活着,为了我。"还没有等刘小军说句没关系,那抓着的手就从他的手里滑落了下去。

外面的烟花声、爆竹声还在不间断地继续着,而这里的空气却凝结成了冰块。

刘小军拿着鲜花和昨天刚买的指环来到婉儿的坟前。看了看晴朗的天空,他深深地呼了一口气,对着婉儿的墓碑说:"宝贝,我来给你过生日了,你看这花朵多漂亮,和你一样美。还有你喜欢的指环,我都给你带来了,假如真有阴间,我相信我们都不会放弃彼此的,因为我们已经被这指间的爱死死地套在了一起。"

回家的路

　　背着沉重的行囊，拖着从城市带来的疲惫，顶着三伏天的烈日，坐上回家的列车，然后又换乘汽车，一路颠簸，一路上熟悉而又陌生，清新的乡土味道，时时让我沉醉，让我精神抖擞，让我热泪盈眶。曾经的那些等待，那些期盼，那些望女成凤的心愿就像存储器里的数据，一行行，我的思绪一下子被这些数据拉得好长好长……

　　回家的路，填满了万千思绪。

　　儿时的记忆里总会有父亲奔走于学校和家的情景。从最早的永久牌自行车到后来的雪豹摩托车，父亲总是早出晚归，不论刮风下雨，风吹日晒。父亲"园丁"这一高尚职业，致使所有的农活家务活都成了母亲一个人的。母亲本是一个苦命的女人，七岁自己的母亲就离开了她。她的父亲为了几个孩子不在脸色中成长，就没有再娶，而母亲又是家里的长女，所以家里一切的家务便落在了她小小的肩膀上。嫁给父亲之后，半辈子又奉献给了婆家的这片黄土地，久而久之，身体垮了，落下了一身的疾病。

　　回家的路，装满了珍惜。

　　流年似水，毕业了，工作了，也就远离了生我养我的父母，也陌生了回家的这条路。踏上这条路的次数愈来愈少，对家乡的思念却愈来愈浓。

　　今天，已到而立之年的我，在几年后又踏上这片黄土地。眼前的陌生感和久违的熟悉感让我倍加珍惜。一路看着挥舞镰刀的大叔大婶，心里一阵酸痛。生活是来之不易的，不管是脑力劳动还是体力劳动,有付出了,也许才达得到你想要的期望值。

回家的路,存满了回忆。

左手有条疤痕,那是六七岁的时候留下的,童年的记忆也全系在这条一眼就能看得见的疤上。当初在疼痛的哭闹声中,我发誓不再和她玩耍了。和儿时的"闺蜜"就仅仅因为抢一簇野菜,便让自己手上留下了一条永久的记忆。只是当时她也没有想到,我会用手捂住那簇菜,所以现在想来,一切都是在意外中发生的。当时闹了好几天的情绪,最终在双方家长的协调下还是和好如初,一起去挑水,一起去挖菜,一起去偷人家的苹果,一起去看戏,一起去上学。如今,我们都不再走那些曾经形影不离的路,彼此开始了各自新的人生轨迹。好多年,也难得再见一面,也难聚在一起聊聊曾经。尤其在这个利益、金钱第一的社会里,看不到一丝纯真的友谊时,你会越发地怀念这一段姐妹情。回忆总是在心里徘徊。

回家的路,充满希望。

纵使生活压力再大,纵使你的人生道路再坎坷,路的那头,总有两个身影在等待,与太阳同升,与夕阳同落。于是,我看到了未来的希望。

婚姻三叶草

半夜十二点过了，被电话声吵醒，迷糊中拿起手机一看，是闺蜜的，我问："你们是不是又吵架了？""我要和他离婚！"我从她的语气里意识到了事情的严重性。平时她也就是在电话里哭哭啼啼地唠叨、埋怨，等所有的苦水倒完了，第二天又像什么事情都没有发生一样，所以我接她的电话就像是在接听 10086 客服，一半进去一半出来，从来没有放在心上。只是此时，她没有哭，也没有骂，就来了一句"离婚"。

谈到婚姻，我其实是个名副其实的圈外人。看着好友同学一个个都已成家，朋友圈里，空间里，到处都晒一家三口的画面时，我心里既不羡慕也不忌妒。因为我知道，我总有一天会成为某一个男人的妻子，某个孩子的妈妈，只是时间的问题。至今没有遇到一个值得我去托付一生的男人，我总是认为缘分没有到。不管我这种安慰自己的理由是不是一种阿Q精神，是不是一种自欺欺人的说法，我都不会认为这是自己对自己，甚至是对家长的不负责任。

挂了闺蜜的电话，我赶紧给她老公打过去，竟然是关机。我不曾体会婚姻里面的日子是何等的烦琐和乏味，我也不知道当一个男人对一个女人的新鲜感过了后是怎样的讨厌，更体会不到男人口中女人的唠叨是如何的让人烦，我只是明白，如果一个男人和一个女人结婚了，有孩子了，彼此都要对家和孩子负责任，这是做人的道德底线。

闺蜜说她太爱他了，所以她接受不了他的出轨。爱是自私的，有哪个女人能大方地把自己的男人拱手相让于另一个女人呢？这一点,但凡谈过恋爱的男女是都能体会得到的。她老公却说,她和恋爱时候的落差太大,任性、无理取闹,他真的无法再忍受了。他把自己的出轨全部怪在闺蜜的身上,他说是闺蜜把他推入了别人的怀抱。我有些生气,既然有心出轨,为何就没有勇气承认是自己犯的错呢?

常听长辈们说,现在的娃娃都太自私,各自只顾各自的感受,不懂得经营,把离婚都作为一种时尚。长辈们说得对,但凡我们懂得换个角度去考虑问题,也不至于闹到离婚的地步。

在我看来,婚姻就像三叶草,它的每一片叶子都有它存在的意义,少了其中的一片就不是一桩完美的婚姻。

第一片叶子我管它叫:留有余地。

每个男人都要通过婚姻来成长,来懂得生活到底是怎样的柴米油盐、琐碎不堪;每个女人也都要通过婚姻来成长,来懂得什么叫责任,什么叫宽容,什么叫见怪不怪。有时候,婚姻的缘起,除了爱情,或许还有最现实不过的相依为命。为此,凡事都不要一味地去要求对方,人非圣贤孰能无过,恋爱时候的完美印象绝对不能带到柴米油盐的婚姻之中。恋爱时,你看到的只是对方的优点,只有朝夕相处了,缺点才会显现出来,不是什么大的毛病,一切都可以接受。

第二片叶子我取名叫:难得糊涂。

在婚姻中,要学会难得糊涂。两个人相处,要尽量留些"模糊地带",不用太较真,对有些尚未确定的事,睁一只眼闭一只眼就好,更不必锱铢必较,因为较真会产生摩擦、增加误会,让你远离幸福。不神经质,不过于敏感,自然有其好处。但是"糊涂"过了头,也会让对方失去存在感和责任感,幸福也会在不知不觉中流失。女人在婚姻生活中"难得糊涂",是对老公的充分信任,而作为老公应该珍视这份信任、这份浓浓的爱意,要给老婆提供一定的安全感。否则的话,再"糊涂"的女人,也不会持久"糊涂"下去的。

第三片叶子叫:绝不背叛。

婚姻不是两个人一时的冲动,当一个女人嫁给一个男人的时候,她一定是觉得这个男人值得她用一辈子去陪伴;当一个男人娶一个女人的时候,他也一定相信这个女人就是他心中的女神。所以当告别恋爱的浪漫,踏进琐事包围的婚姻的时候,我们都要对彼此的承诺负一份责任,嫁了,娶了,就要彼此忠实。要有你若不离,我必生死相依的信心。倘若一方常想着红杏出墙,那么另一方绝对会心灰意冷。

每一个人都像一个刺猬,想要相互取暖,就要拔掉身上所有的刺,而能拔掉这些刺的工具就是婚姻。

键盘上的爱

你能看见屏幕上的字,却永远看不到我流在键盘上的泪。每当我用颤抖的双手敲出那三个字的时候,你可曾看见这份爱后面的心碎?

——题记

他们是在寒风刺骨的冬天,不经意间成了彼此的QQ好友。平平淡淡的问候,简简单单的祝福,两颗心就在这样很平常的言语里慢慢地靠拢。没有十七八岁的懵懂,也没有干柴烈火的激情,只是在严寒的冬天里,多了一份嘘寒问暖、一份叮咛,彼此之间多了一份关怀。

生活里,她的孤傲和执着让她成了剩女中的一员。家人的催促,朋友的劝说,让她四面楚歌,唯一能让自己解脱的就是用文字来诉说自己的苦水。她从小热爱写作,每天宅在一个属于自己的不大的空间里,记录自己的喜怒哀乐。

他在一家影视公司上班,比她大十岁,他不帅,却很真诚;他不是亿万富翁,却很让她心动。曾几何时,他的一言一语变成了她的心情表,瞬间会让她的天空阴云密布,可又在一刹那间万里晴空。她一直以为自己是个看淡红尘的女子,似乎在这些年不食人间烟火,遇到他后,她才知道以前只是情未到浓处。

每当夜深人静的时候,她总会望着星空,想象有他在身边的情景。不知道为何,这些琐碎的遐想,为她孤独寂寞的心灵带来了无限的安慰。

他:"今年春节回老家,顺便看看你。"

她:"真的假的?"

他:"真的。"

她:"好,我等你。"

看似很简单的不像谎言的承诺,却让她苦苦等待了一个冬天。

亦真亦幻皆是情,无言的凝视,灵魂相融,美好而耐心的期待,掺杂了些许无奈,等待最终从失望变成痛苦的绝望。那种刺心的疼痛,还有屏幕上那些醉心的甜蜜,相互交织地矛盾着,这是怎样的一段日子,怎样的一段感情,迷迷糊糊,凄凄凉凉,似真似幻,看不清,摸不到,抓不住,握不牢,镜中花,水中月,似乎那么虚幻。瞬间她有了"入我相思门,知我相思苦"的深刻体会。

她:"为什么让我等到绝望?"

他:"对不起,没有腾出时间给你。"

她:"我理解你。"

他:"谢谢!"

她没有像一般女子一样追根问底,不是她不想知道真正的原因,只是她不想做个大众化的女人。爱一个人,就要爱他的全部,尤其是他的缺点。她不知道他会怎么想,至少她是这么理解爱的。

她:"你怎么用我的照片做头像?"

他:"喜欢。"

当她看见亮着的头像是自己的照片时,心里一惊,一股甜甜的味道涌上心头。想着他为了和自己视频去网吧的情景,她心里的幸福满满的。

还记得那次,不经意间一声"宝贝"出现在屏幕上时,她心灵深处的那个弦终于拨响了。当她看见他说他会为她心痛时,她彻底地感动了,也许爱就发生在这么一瞬间,爱一个人就是如此地简单到窒息。

她:"在干吗?"

他:"修改文案,忙。"

她:"好,你忙吧。"

每次这个时候她总是很失落,他简单的回答让她很委屈。可是当一种习惯不得不成为生活里的必要时,人往往会很纠结。她努力不去想他,可是一次又一次地那么清醒;她努力不去上网,可是一遍又一遍地看他在不在线。看着他亮着的头像,心里就会有一种莫名的开心;看着那灰色的头像,一种说不出的难受油然而生。他有时候的冷漠让她窒息,即使在心碎的角落里,她依然可以看见他绝情的可恶。面对这样的冷酷,她会想:我拿什么拯救你,我的爱人?

他:"想你了。"

她:"我也想你。"

他:"想我就来我这边。"

她:"你不知道距离产生美吗?"

看到这样让她心跳的字眼,她总是热泪盈眶。她明明知道距离是一把无形的撒手锏,却还说距离可以产生美。也许真爱就是这样的傻。

半个月没有见他上线了,她伤心欲绝。明明知道是他在躲避,却还自己欺骗自己说他很忙;明明自己相思得已死去活来,却还强装欢笑说没有你我一样能活。也许,这世上从来没有被冷落的人,只有被冷落的心。

她:"我们会白头偕老吗?"

他:"应该会吧。"

她:"为什么那么的不肯定?"

他:"这个……"

红尘有他,是欣慰,还是悲哀?她总是这样问自己,然而却找不到确切的答案。只知道红尘有他,孤独不再,有了他,就有了温馨甜蜜的记忆;有了他,就有了望穿秋水的等待。于是,在不知不觉中,忘却了自己,只因红尘有他而无憾。

他:"最近好吗?"

她:"你若安好,便期盼。"

最初在网络上看见这句话的时候,她总感觉太煽情,可是此时此刻,她觉得这句话里面足以包含她所有的牵挂和思念。原来每个人都会有俗的一天,都会有情不自禁地煽情瞬间。

岁月就这样在无情流逝,他和她的故事也在季节的轮回中继续着,只是他和她都不知道这段情会有一个怎么样的结局。

相遇是美好的缘分,思念是真挚的情感。只是大千世界,茫茫人海,滚滚红尘,种种际遇,也许是上帝早已安排好的,就像我们的相遇,彼此间的那份欣赏和依恋,已无从选择,注定此生不能执子之手,与之偕老。只能随波逐流,随缘而定。

街道的那头

　　步行街上,灯火通明,热闹非凡,跳舞的,逗狗的,聊天的,拥抱的……当然还有像我一样,一个人行走发呆的。喜欢静静地坐下来,看着这样的场面,有时候想,他们幸福吗?

　　微风吹过,长发、裙子随风起舞,我喜欢这种感觉,有回到古代的错觉。肯德基店里进进出出的几乎全是情侣,年轻人总是喜欢夜生活,也许他们此刻确实是幸福的。店门口二十四小时营业的字是那么醒目。

　　大地影院的 LED 更是醒目。想去看电影,却又一想,一场电影下来时间太晚了。这个城市,不像大城市一样凌晨还那么多人,过了十一点,路上会很少看到人影,除了火车站下火车的人和出租车,几乎没有什么闲转的人,所以还是打消了这个念头。自己是一个多愁善感的人,常常感叹人生如戏,戏如人生,却还喜欢去看那些能触动心弦的故事。一个镜头,甚至一句话都会被感动得泪流满面,不是因为演员们演技太好,而是因为那些画面真的很像自己的生活。

　　不远处如家宾馆的招牌一闪一闪的,时不时看见一对一对地进进出出。这个时候我会想,不管他们是真夫妻还是假夫妻,此刻他们一定是幸福的。也许人活着就不应该想太多,今朝有酒今朝醉是最明智的做法。生活里时常会有人抱怨:我老公把家当成客栈。这句话道出了许多心酸和无奈。不管是家还是客栈,都是一个寄宿的地方,可是想想自己,四处漂泊,做浮萍好多年了,就算是客栈也只是奢望。朋友说是我要求太完美,其实我自己知道:是我太不完美。

看着兰州银行滚动的大红色的字，不由一声叹息：人民币是好东西吗？如果说不是好东西，那么在这个世界上有多少人为它疯狂？说它是好东西吧，又有多少人因它而妻离子散，生死别离。你随便问一个人，你最爱什么？他们会不假思索地回答：人民币。我也不例外，只是我爱它不会超出那个度，我不需要有很多钱，只要够用就好，我深知欲望一旦膨胀，将会失去做人的尊严。

夏天，总是喜欢散步于步行街。本是一个多愁善感的人，所以看见许多人和事，总会感叹一番，愁上心头。朋友说我像黛玉，我傻傻地一笑而过，心底里还是不想做黛玉那样的女人，太过于悲伤。

不知不觉，从街道的一头走到另一头，回头看，一切都还在继续，只是我的人生路又少了好多步。每一天都在这样行走，或急或慢。岁月也悄无声息地爬上了额头，那一道道的曲谱线，深深地刻在了我原本稚气的脸上，于是产生了所谓的沧桑感。只是这条街从头至尾，都是一个人在孤独地行走，就像一个侠客，一把剑，一顶斗笠，浪迹天涯的感觉。只可惜人生的尽头还很长，不知道在那个所谓的尽头是不是还会是一个人在徒步，在街的那头？

今生为君倾尽天下

有这样一幅画卷：我白发苍苍，容颜迟暮，你依旧牵着我那双骨瘦如柴的手，散步于我们曾经相遇的地方。早晨的朝阳，依旧温柔倾泻；落日的余晖，绚丽依旧。这一纸倾城的恋香，爱为根，露做心，倾尽天下情。

——题记

邂逅只需片刻，而爱上会是一生。也许是前世的约定，所以才会在你经过的路口守候，等待相逢。注定你就是我倾城的传奇，最美的缘，见与不见，你都是我的唯一。

一声宝贝，瞬间融化了我薄如寒冰的心；一句亲爱的，顷刻化作满怀的柔情，似火般涌动，似酒般醇浓。爱你，在朝朝与暮暮。

带着前世的因，来寻今生的果，与你的倾世一瞥，惊艳了高山流水的琴音，温软了陌上花开的嫣然。我掬一阕宋词，盈一缕幽香，在柳絮尘嚣、烟波浩渺的津渡里，着那一袭婆娑白衣，在乍暖还寒的春风里，丝丝弄碧，亭亭玉立于周敦颐的荷塘，在我唐宋的诗词里，轻舞飞扬。那一怀缱绻温馨的柔情，那一缕清澈柔和的月光，总是在等待与守候里徘徊。

曾幻想：与君，繁华尽处，寻一处无人山谷，建一木制小屋，铺一青石小路，晨钟暮鼓，安之若素。唯你和我，不问天涯归处。与君，撑一油纸伞，邂逅在如诗的江南。从此以后，日暮天涯，不恋尘世浮华，不惹红尘纷扰，我心如始，为君成痴。

　　爱你,成了我唯一的归宿;想你,成了我最执着的夙愿。若许,我会在天涯等你,若你安好,便来寻我,牵起我的手,风风雨雨一起走。若允,我会在彼岸等你,折一只千纸鹤,放飞在你的梦里。愿君安好,便是我此生最虔诚的愿。

　　一帘幽梦编织成心碎的文字,一阕离歌弹拨着酸楚的曲调。流年的过往,细数着记忆中的点滴,沉寂已久的念望仿佛又悄然醒来。风掠过,拂乱了我一尾长发,凌乱了寂寞无助的心。挥不去的思念,定格在遥远的彼岸,寻着你的方向,飘去。七夕,执一笔淡墨,为你吟一阕刻骨的爱恋。待陌上花开,守候与你携手的风淡云清;等月满西楼,深藏琴瑟和鸣的眷眷柔情。在最美的时光与你相守,今生为君倾尽天下。

静　等

　　零落是叶的命运,凋谢是花的归宿,死亡是人类逃不过的劫。看落叶纷纷,听残花哭泣,尝人生百味,突然觉得人生不过如此,微微一笑,浮云就在眼前。

　　想去看大海,想听海哭的声音。想知道那根思念的针刺痛了谁的心? 也许计较与否只是一个漫长的等待,岁月割舍不掉人生的惆怅,一天就像一年,漫漫长路上,等待终究苍白了前世。红烛燃尽了一世情,相望便是天涯陌路,凝月,泪洒谢桥,无一语,痴痴怨。

　　孤独就这样被春风包围着,紧紧抓住时间的脚步,也许只是一种奢望,远方有触摸不到的牵挂。寂静的夜里,看星星的闪烁,微风抚发而过,是暖? 或者是凉? 记不清镜头的种种,一直这样徘徊着,迷茫的后面是看不见的流年,乱了浮生,忘了尘。满天的琼玉,装饰了别人的梦,冷落了我的心,岁月何时才能老去,让我在黄土里无视一切? 对人对事,淡淡的一笑,何乐而不为?

　　谁的新欢不是别人的旧爱,只是当电视剧的情节上演在生活里时,人们还是不想去相信这就是现实。也许这就是人性的软弱和虚伪,总是相信自己的恋情很专一。不是所有的缘分都是好事,从古到今,有多少情感都葬送在这所谓的"缘分"两个字上。如果一定要说都是爱情惹的祸,那么女娲在造人的时候为什么要让他们有感情? 说不清的种种总是缠绕在相思的岁月里,也许,只有用心承诺了,只有用心耕耘了,才会春华秋实;只有用心品读了,才会品出那沉淀在唐诗宋词里的相思;只有用心去等待了,于那个属于我的港口,总会等到伊人的归来。等待,终归有个归宿。

　　静等落叶归根,将愁埋在离人看不见的角落,便可会心地微笑。人生就在这样的轮回里复始,揽尽尘世所有的哀,葬于炊烟弥漫的他乡。等待依旧……

久违的重逢

我不敢肯定列车离目的地的距离和我的心跳时时刻刻成正比，但我确实能听到那颗死了很久的心有了欢跃之声。

他，我的初恋，说出差顺便回趟家。十多年不见了，都几乎忘记了曾经的模样，更不要说现在的样子，我们真的好久不联系了。有人说分手了，也可以是朋友，只是我觉得朋友不见得就是天天联系才能建立友情，只要他安好，家庭幸福，生活如意，就是彼此最好的联系。

曾经分手的时候，也没有想过以后还会有见面的情景。可是时间久了，尤其当触景的时候，偶尔也会幻想一下，如果有这么一天，在茫茫人海中相遇了，会不会连彼此都认不出来而擦肩而过。那样又会是怎么样的一个心情，会有失落感吗？

写这篇文章之前，我纠结了好久，怕有一天他看到，尤其是他的爱人万一能看到这些文字，或许会给他的家庭带来没有必要的不愉快。闺蜜却说，这不是个事，谁还没有一点曾经，谁还没有一点回忆，如果他老婆连这个都吃醋的话，只能说明她对自己没有信心罢了。所以最终我还是决定把这些文字写出来，绝对没有挑衅的意思。

带着各种忐忑的心情，终于看到了他。出站的人海中，我依旧一眼认出了他，只是和我想象的落差有些大。曾经的他，光洁白皙的脸庞，透着棱角分明的冷峻；浓密的眉毛叛逆地稍稍向上扬起，长而微卷的睫毛下，幽暗深邃的冰眸子，显得狂野不拘、邪魅性感。他的立体的五官刀刻般俊美。而今我看到的却是一个已经开始发福的人，职业装更给脸上的微笑增添了几分成熟，和学生时代完全不同的打扮。我想他是心宽体胖。感觉在一瞬间心里也发生了微妙的变化，突然觉得，我爱上的是某一个阶段的他，对他的感觉也仅仅停留在那个时期。现在的他，就像我的家人一样，过去的恋情荡然无存。

"我们都老了。"这是见到后他对我说的第一句话。"废话，奔三了怎么会不老？""你还是原来的你，怎么还是一点不成熟呢？"我只是微微地笑了一下，不语。也许，在他的心里，我的影子也永远停留在那个美好的曾经。只是他对现在的我不了解而已，毕业好几年了，怎么还会是以前的自己呢？酸甜苦辣，该经历的差不多都经历了，怎么会没有成长呢？

他说他就不请我吃饭了，我说没有关系，我请你吃饭。我们去了第一次来北道吃饭的那家面馆，一样的人，一样的地方，不一样的心情。"今非昔比"，我是深刻地体会到了这四个字的含义。

吃完饭，我送他去汽车站。穿过曾经牵手散步的北道步行街，我的心里平静得连自己都感到惊奇。时间确实可以淡化一切，岁月让我们只能记住曾经的那些回忆，现实却让我们从爱情变成了亲情，只要彼此安好，便是晴天。

看着汽车消失在我的视线里，我叹了一口气，不知道是祭奠我的过去，还是感叹这久违的重逢。离别的车站，再也没有依依惜别的拥抱，也没有恋恋不舍地牵手，有的只是一个微笑的眼神，和一个再见的手势。

曾经在火车站送他去大学时候的情景，其实回忆起来还是很近很近。那时我哭得像个孩子，他边给我擦眼泪边说："不要哭了，一学期很快，我的心每天都在你的身边。"要不是自己还有记忆，我真的不敢相信我曾经是那么的多情。这么多年没有去爱过一个人，也无暇去顾及感情，回想起来还有这么一段，已经很知足了。

既是说出如此珍重的话，就该有一场美丽的离别。在散场之前，彼此再牵一次手，彼此再对视一回，之后爱与不爱，见与不见，都不重要。我总以为，在人生诸多的交往中，任何一次深情的回首，都是让自己万劫不复。其实所谓的情深，不过是交付一切，忘记时光，忘记自己,不给自己留任何的退路。

　　这一重逢,了却了我好多心愿。也许有一天我最终会老得把初恋这些事情忘记,只要曾经拥有过,就已经很幸福了。不过在忘记之前,祝福永远存在。

看穿，云烟过

谁的一生没有在不断地相遇和离别，每一刻甚至是每一秒都会有与你擦肩的路人，相逢也是相别。或者某一天在茫茫人海里还会重逢，只是没有人会记住这瞬间擦肩而过的容颜，只留给彼此一个陌生的背影。

在轮回的老巷里，我们总是会寻找散落的过往，一程山水，一个路人，一段故事。只是流年早已改变了最初的模样，许多不同的记忆被不小心遗忘。所以转角处的灯火，才会那样的荒凉。所以昨天留下的，才会是淡淡迷惘。

擦肩而过的，不想去反复追忆，反复提及。和昨天告别，忘记一切，也原谅一切。这样才能在安稳的现世里，循规蹈矩地过平淡的日子。不追求奢华，不渴望热烈的爱情。在春夏秋冬的季节里，穿粗布素衣，愿得一人心，白首不相离。那份年少时的冲动，早已被岁月消磨得荡然无存。曾经很渴望一场盛世繁华的相遇，期待月圆的重逢，在现在看来都只是黄粱一梦。开始不再是那么感性地面对人生，而是理性又安静地看待人世变迁。

回想年少时候的执迷不悟，为了一溪云、一帘梦、一出戏，交换心性，倾注深情。在痴情的旅程中，分不清其中的清冷与凉薄，便陷入一段不属于自己的情路，过后便感知：做一个有情有义的人，会比一个寡淡漠然的人更疲累。

寂寞和悲伤总是形影不离，只是我们过尽了，看穿了，才可以拾起喧闹，重见欢颜。苦涩只有亲自尝遍了，才会懂得甘甜的来之不易。生命是一个漫长的过程，每一寸时光，都要自己亲历，每一杯雨露，都要自己亲尝。一路走来，每一个季节都有残缺，每一个故事都有暗伤。真真实实，虚虚假假，自己心里明了即可，因为你想要的未必属于你，你得到的却未必是所期待的。

落地烟花,处处凉

时光在飞花日影中平静地逝去,灯火阑珊处的相逢,只不过是岁月洪荒里的一次擦肩而过。流年里的黄昏,总是带着记忆的伤感,无言的惆怅。

人生的年华就这么云淡风轻地过去了,多少心事被抛弃在岁月的洪荒里,被夺走的不仅仅是青春的容颜,还有许多梦想,不留一丝余地。一直不曾明白岁月为何如此的无情,直到后来才恍然大悟:原来时光不是肉体凡胎,本无七情六欲。

走完一生,总会尝遍人生的酸甜苦辣、人情冷暖、世态炎凉,看惯生死离别,可是谁又能肯定地说经历了这些便会放下春花秋月,割舍掉爱恨情仇? 每一个人都想做一位修行者,只可惜,很少有人在贪恋过年华后,能素心若雪,洗尽铅华。

光阴从指尖流过,如梦似幻,轻得让你感觉不到她曾来过,虚幻得让你怀疑是否真的曾经拥有过。

一个人的日子,静得仿佛被岁月忽略,淡得也似乎被时间遗忘,所以不去刻意地想一份情缘。许是在对的时间里没有遇到对的人,或者是在错的时间里遇到对的人,所以一直会美丽地错过,让人生的画面上多了一次无缘的相逢,又如尘埃般渐渐地被光阴遗弃。

烟花般的人生,灿烂的情景总是很短暂,说起来着实是一首悲凉的词,默默地存在于时间的每一个角落,与年华如影随形。翻过一页又一页,直到某一天,满地落叶,处处凄凉,让后人先孤独地品尝,再遗忘。

麦黄之情

　　每年到这个时候,炎热下的一片黄,金子般地耀眼。不仅仅是母亲这个地地道道的农村女人欣喜若狂,就连一辈子站在三尺讲台上的父亲也乐滋滋的。也许生长在城里的人不曾体会到这样的喜悦心情。

　　蓝天白云下,镰刀挥舞,汗流浃背,却不觉得辛苦,丰收的喜悦远远大于天气的炎热。总觉得这个时候,农村的天比城里的亮得早,夜幕也比城里的来得迟。

　　记得小时候,每到这个时候,当我从梦中惊醒的时候,母亲老是不见踪影。刚开始不习惯这样的不辞而别,心里总是有一股怨气,总觉得这是母亲不爱我的表现。可是渐渐懂事了,才知道母亲的辛劳,若不是为了这个家,她大可以睡到自然醒,也没有必要起早贪黑地把自己的年华全奉献给那几片黄土地。所以心里更多的则是对母亲的敬佩和怜惜。

　　麦黄时节,我的牵挂也跟着多了。母亲老了,父亲年纪也大了,看着他们满脸褶皱,满头银发,突然生出一种心酸,习惯是一种可怕的依赖,就像母亲依赖上了这些土地一样。每到麦子黄了的时候,如果没有麦子去割,她会失落得坐立不安。经过好多次的劝说,母亲就是死活不放弃那些地,她说那些地和她的孩子一样,她是有感情的。我们在无果的情况下,只能由她去。我直到现在才理解母亲的这种情结,就像我放弃不下文字一样,乡恋也跟着浓了。离开家乡的时间越长,就越思念那个曾经养育我的地方。麦子黄了,大片大片的地里,风一吹,麦浪翻滚,很像黄色的海洋。有梯田的山上,一片一片黄色的麦子,很像大山金黄色的头巾和衣服。而这些情景大多数只能在想象中看到了。

土地就这样一年一年、一轮一轮地生长着庄稼,养育着生命。老农是庄稼的主人,庄稼是土地的孩子,土地是我们的衣食父母。

思念总是和麦子黄了的季节在同一水平线上,永远,永远……

那些逝去的日子

如果坚强的人落泪了，一定是撑不下去了。

如果执着的心放弃了，一定是伤得彻底了。

——题记

在朋友圈里看到这句话的时候，我正好是心情很低落的时候，所以眼睛有些潮湿。我不是那么感性的人，只是这几句话似乎击中了我心里的脆弱。有时候，不是你多愁善感，而是那些情景和你的生活有些相似的时候，你才会明白什么叫作触景生情。

曾经有一个人，你可以挽着他的手，对着他撒娇。曾经的那个人，他会一天二十四小时开机，会随时回你的信息。曾经那个心许过你幸福，对你说过要一辈子在一起的人，突然在某一天，你还没有反应过来，就和他变成了陌生人，见面最多也只是相视一笑。那些突如其来的改变，快得让人心疼，在流失的岁月里，过往的一切，就像烟花一样，美丽过后，再也不会重现。

在那逝去的年华里，我们再也找不到曾经的自己。从天真得有些傻的学生时代到步入这个陌生的社会大家族，许多事情，都不是你想的那么简单。人和人之间的感情，大多数都是用金钱、权利、利益在维系，想找一份纯真的感情，却是难于上青天，于是便在不知不觉中开始怀念学生时代。虽然曾经为了某些小事情争过吵过，但是现在想想，那时候真的是傻得可爱。现在的朋友，没有争吵，没有打闹，却时不时会让你掉进险恶的陷阱。

　　最近看了时下热播的电视连续剧《加油吧！实习生》。剧情虽然有些夸张，但看着剧中的主人公，就想起了曾经的我们，801的丫头们。一起出去找工作的情景还历历在目。大学几年，没有怎么好好地去转兰州城，可是那段时间，城关区的大街小巷，被我们走了个遍。一起走过的日子，难过、辛酸、开心都有。时隔几年，大多数人已为人母了，最初是看她们晒男友的照片，接着便是结婚照，现在又看着她们宝宝可爱的照片，心里有股暖流，她们都是幸福的，所以我很欣慰。我希望我的好姐妹们都生活得幸福美满，至于自己，我想一定会有一个丈夫和一个属于我们的孩子陪我，或许是我们的姻缘线绕得比任何人的长点儿，所以至今我还没有看见他的身影。

呐喊岁月

糜烂的灵魂在一天天地腐朽,咬伤的灵感也似乎殆尽,渐渐地对生活失去了痛觉。大海的眼里可以容纳百川,我的眼里却不能容一粒沙。黑夜里能嗅到的不仅仅是发霉的气息,残酷的竞争仍然进行着。岁月就在这样的年轮里消耗着。

没有鲜花和掌声的日子里,我任凭岁月的洗礼。路不好走,但不得不自己去走,这就是人生的无奈。有些事情,你没法去选择,只能默默地接受。不现实的幻想有时候很可怕,就像吸毒一样会上瘾,可以让一个信心十足的人堕落到十八层地狱。

一把锋利的剪刀可以剪断千丝万缕,就是剪不掉人性的贪婪。左手一只鸡、右手一只鸭的同时还在嘴里叼一只鹅。也许上帝在造人的时候早就想好了让人类自己拿起石头砸自己的脚吧,自食其果就是最好不过的诠释!

每一场繁华谢幕的背后都有许多惨痛的失败,人们看到的只是成功者的那些光环在闪耀,却从来没有人会注意那些失败者的心酸。浮躁的社会,悬浮着的心情,早已没有一片净土。

你是我仅存的依赖

　　真正的感情,不需要浪漫的鲜花和烛光晚宴,也不需要甜蜜的语言和山盟海誓,而是生活中点点滴滴、实实在在的体贴和关怀,是一种不说出口,但彼此都能感觉到的温暖。这就是爱!

　　飞儿和刘斌相识于一个万物萧条的冬天。没有太多的语言,也没有曲折的故事,就这样自然而然地相爱了。刘斌经常问飞儿:"天下比我优秀的男人有得是,你为什么偏偏爱上我?"飞儿只是笑而不语。每当夜深人静的时候,飞儿还真很认真地思考过这个问题,是他的才气,还是他做人做事的风格,或者是他对自己用心的那种关怀? 她说不准,也答不具体,就是对他情有独钟。

　　心动和行动很难在同一起跑线上,但飞儿做到了。飞儿放下了多年的矜持,会主动地对刘斌说我想你了,会凡事都先站在对方的角度考虑,之后才会想到自己。不见面的时间里,她会心慌意乱,没有他的信息,飞儿会觉得整个世界都是灰色的。她是真的爱上刘斌了,爱得很彻底,甚至有些没有自我。

　　飞儿是一个农家女孩,从大山里走出的姑娘比较会过日子,这是刘斌经常对飞儿说的话。听说飞儿的母亲身体不好,刘斌二话没说,就抱了一大堆药放在飞儿的面前。飞儿感动得一塌糊涂,她没有想到他可以细心到能看到自己内心的想法。

　　还记得春天的一个周末,飞儿回老家太匆忙忘记拿手机,老家没有通信设施,所以和刘斌失去联系整整一天一夜。待回到城里以后,看着黑屏的电话,飞儿心里难受得无法形容,她知道这一天一夜他很担心。一开机,全是 10086 的信息,刘斌的呼叫不计其数,短信多得让她读不过来。电话通了的那一刻,刘斌的喜悦里带有一丝埋怨,这是相识以来刘斌第一次用喜怨参半的语气和飞儿说话。这次他们见面,飞儿还没来得及解释的时候,刘斌就一把抱住了飞儿,抱得有些紧,紧得让飞儿感觉呼吸有些困难。他一句话也不说,就这样静静地抱了好久好久。"走的时候为什么不打声招呼?你知道吗,我等了你一天一夜,在大马路上晃悠了几乎一个晚上。电话没人接,信息没有回复,我差点疯了,再迟些我就准备报警。"刘斌说。飞儿的眼泪像断了线的珠子,她心里的那个河堤又决口了。

在这个情感泛滥的年代里,遇到两相情愿的真情实在是太不容易。没有宝马,没有别墅,没有用不完的人民币,他们却能像电视剧或者小说里的情节一样,真心相爱。

听说刘斌病了,飞儿牵挂的心就像被针刺了一样痛。飞儿手捂着胸口,似乎呼吸都是异常的困难。她宁愿生病的是自己,她知道她此生的生死结就是他,所以飞儿宁愿上天把所有的苦难转移在自己一个人身上。爱的分量有多重,情就扎得有多深,飞儿无法算得清,记忆里全是曾经初相识的画面。一起踏过的坎坎坷坷,一起度过的分分秒秒。爱一个人不需要那些荒唐的理由,只需要一个前世修来的缘分。不擦肩而过,执手今生,便是幸福。夜静得有些不太安稳,飞儿的心早已不属于自己,随着灵魂飞到了他的身边,嘴里还念念有词地对着月亮许愿:你若安好,便是晴天!

年轮记取了谁的沧桑

月上柳梢一袭寒，
人约黄昏两鬓霜。
流年如风擦肩过，
落叶满地洗沧桑。

——题记

日月两盏灯，春秋一场梦。今夜无眠，窗外月华似水，聆听夜的寂静，执念人生的落寞。

流年似水，纷扰的红尘里，留有浅浅的爱，深深的伤。千尺游丝，谁能有如此潇洒的等闲？埋藏在角落的心愫，谁又能三言两语道清？人生有太多的不舍，眷恋红尘的种种，做到淡泊谈何容易。尘埃里，漂浮着许多的无奈，只能执一素笔，记取年轮的沧桑，痛恨岁月的无情，叹息生命的脆弱，愤慨世间的不公，抱怨人生的执念。

朝如青丝暮成雪，岁月就是如此的决绝。曾经抬头看杨柳垂岸、蜂恋蝶拥的季节还在眼前，却不曾想到，低头的时候已经是琼玉纷飞，大地一片白的景象。不管你此时有多悲伤，岁月就是这样的不回头。

昨日欢笑烟雨楼，今晨黄土埋心愁。一分钟，甚至一秒钟，一个生命就陨落了，留给我们的只有不尽的哀叹、千般的思量，只能看着那一堆黄土，却不曾有半点的回天之术。

尔虞我诈的今世，不公平占满了生活的每个角落，即使如此，我们也只能抱着"人生哪能无忧愁,抱怨不如多奋斗"的心态去拼搏,简而言之,为了生存。

"菩提本无树,明镜亦非台。本来无一物,何处惹尘埃?"这样的境界,在这个纷繁的尘世里,谁能做得到?谁能抛弃那些欲望?谁能无视金钱的诱惑,做到心静如水?

前程无路,人情凉薄,四面楚歌的时候,想寻找一片清净很难。梦碎长安,拾取零碎的记忆,只是记忆无言,吟不出唐诗宋词,也唱不出人生的喜怒哀乐,只能默默地承受。

冷风拂窗,心更凉,不由问明月,年轮到底记取了谁的沧桑,我的?她的?还是他的?

念一地雪花，飘零我的今生

一盏孤灯，弱光浅照，恨意入骨；

一轮寒月，彻骨透凉，心碎血滴；

一念相思，咫尺天涯，万念俱灰；

一抹红尘，何为牵绊，终究过客。

——题记

相遇，是再续前世的姻缘，还是今生的孽缘？那日，你脱俗的容貌，清雅的神韵，让我一见倾心。

相知，是苍白我的前世，还是点缀你的今生？你的红尘旧事，亦像一把匕首，深深地刺入我的心。

相爱，是我命中的劫数，还是你今生的云烟？你的若即若离，让我身心疲惫。不承想我前世五百年的落寞，换取今生的相爱，却是如此地让我憔悴。

相离，是我的荣幸，还是你的洒脱？你潇洒的一个转身，留给我的只是痛彻心扉的伤痕。仅有的余味便是碎玉飘零，寒彻入骨。

蓦然回首，那一段阑珊里，装满了凄凉，看花谢花飞，看月圆月缺，终究成为虚无。听流水弦音，让尘世的繁杂烟消云散。红尘里，谁注定一段情会青春永驻，谁还会相信"愿得一人心，白首不相离"的誓言？眉宇间沉淀的不仅仅是沧海桑田，更多的则是淡泊红尘。

夜色悄寂，残月垂泪，念一地雪花，飘零我的记忆。不为前世，也不为今生，只为此时。昔日千般的思念最终换来一曲离殇，错抱相思，徒增闲愁，辗转反侧的无眠长夜，谁会记得，谁又会感动，泪湿枕畔的那一刻谁又曾看得见？浅笑缘分，如烟似梦的悲凉，总是缠绕在我的心头。在虚幻和现实里，我越来越缥缈，欲毁灭脑海的念想，却带来隐隐的痛，一股莫名的寒气涌入心田，人生的最后一抹彩虹也许在此消失殆尽。

今夜，与月相伴，与琴相依，轻弹一曲祭奠逝去的情。红颜空自许，唯有泪千行，寒波荡漾，楼台萧瑟，孤影对月，琴声寒彻凄凉。玉指抚琴，泼墨青丝随风，垂泪而吟：一抹浅笑解离愁，千里琴声诉离情。琼玉纷飞扣缠绵，梦断梅香一语惊。

品茶悟道

书能香我不需花，

茶亦醉人何须酒。

——题记

喜欢拿一本书，沏一壶茶，让那缕清新的自然之风，从唐朝缓缓拂来，又轻带到宋朝去。篱笆小院，三径秋菊，几声犬吠，山深日暮。此种意境，犹如清风明月一般的温朗。这一直是我梦中的遐想。

当烦恼困惑袭上心头，端起眼前的茶盅，一口轻柔淡雅的茶水咽下，馨香弥漫到五脏六腑。茶如酒，一壶下肚，醉得我好像沉入梦中。伏在桌上——昨晚一次又一次的激动涌现眼前。侧目窗外，花枝上有几只麻雀跳上蹿下，叽叽喳喳，我不觉又有些冷意，感到多少有点凄凉。接着又品一口茶，暖意顿生，回忆中又增添了几分惬意。

自己如朴素的清茶，不尊贵但执着地追求高雅。从朴素到高雅，肯定是一个风雨兼程的坎坷历程。品茶是艺术，是享受，是禅意——今天的喝茶却另有一番滋味在心头！

这淡淡飘香的茶味不由使我回想起前段时间的事。一个我有事相求并且需要相见的人，来时带来了我一辈子都不想见的人。我给他们一边添茶的同时，脸色也在变化着。对有求之人笑脸相迎，对那个可恨的家伙我毫无疑问脸上挂霜。那一刻自己好像演着变脸的戏剧。

他们离去后，觉得好笑，何苦呢？我为什么不放弃仇恨，学会原谅呢？我常给别人讲：原谅别人是一种豁达，原谅自己是一种释怀。而我为何又这般的想不通呢？

　　事实上，遇见记恨的人，使我们痛苦，不开心，心中常存郁闷之结。静静地思前想后，有必要吗？每个人在这个世界上都是匆匆的过客，就那么短短的数十年，快乐享受还来不及呢。生命就是一天又一天，一年又一年，积累数十年后就灰飞烟灭了。苦也一天，乐也一天，为什么要让那些使我们不愉快的人和事，一直存在在我们的生活之中呢？想到这里，只有一句话：还是学会原谅吧！

　　学会原谅，做一个自信、充实、豁达、大气的人，去拥抱曾经辜负你和给你制造过麻烦的人。仇恨，是一个恶性循环；原谅，是一个良性开端！

　　"人"字写起来很简单，做人却很难。"心"字也简单，但心却万分复杂。一笔能写人心两个字，但一辈子也弄不清人心是什么。世界上什么都不难，唯独知道人心最难。人心可怕，人心是一部天书，尽其一生读不完，读不懂，越读越畏，越糊涂。

　　思考人心二字数载，感叹岁过半百，今顿悟曰：心简单，人就简单，人生就简单。人生简单，人生就幸福！

　　佛说：今世你的仇人，是前世你的恩人或亲人；今世你的亲人，是前世你的仇人。让我们今世息仇消怨吧！

前世缘已尽，今生不相见

有一座城池，名曰天水，有半壁江山。它如画，故称小江南。

——题记

一、麦积烟雨情

这里松竹丛生皆倒挂，山高入云端，清流足下绕，蒙蒙烟雨见奇欢，高崖峭壁石窟层层连，石窟内的佛像千姿百态。

周围群峰环抱，孤峰崛起，状似农家麦垛，于是你便说就叫它麦积山。

从此这座山就成了我们的家园。烟雨麦积里留有我们昔日的欢声笑语，那乌篷船头，蓦然相逢时的素颜浅笑，烟雨中伞下执手，灯火阑珊处的那一回眸，所有的传奇在这里上演。而今生，你可曾见到那蒙蒙烟雨的山顶上，有一个白衣胜雪的女子，伫立在雾气笼罩的寒风中，孤独而执着。回眸处，千里烟波，抚一把古琴，只为你而奏，彼岸的水畔里，倒映着谁的倩影。期盼与你临水相望，为了你的那回眸一笑，我已经等了无数个烟雨黄昏。为了这一世圆月，我流连在清波里的身影孤独了千百年。那几世的断肠痛彻心扉，北雁南飞，最是离人泪，我守着这一份孤寂，在这烟雨山上等了你几个轮回。沧海桑田，如梦红尘，不管聚散两依依，不管爱恨绝。

无期只为你望穿烟雨蒙蒙。

二、泪眼望穿仙人崖

我徒步于这座城池的每一寸土地，跋山涉水，颠沛流离，总算找到了梦里的仙境——仙人崖。

这里曲径通幽，风景如画，信步前行，古径苔幽，花枝横阻，绿条幔挂，一路风景。见海棠幽韵多啼尽，石畔摇曳几竿翠竹，笼翠浮烟。前面林荫小道，无数台阶若隐若现，隐隐的青山耸立在眼前，似乎隐藏了许多秘密，等待着游客前去发现。

一探，骤雨初微，仿如细丝，山间草木清新，阳光丝丝缕缕地洒在树叶上，泛着清澈的光亮。

人间鱼龙混杂，我虽然涉世不深，但对人间的恩恩怨怨倍加厌恶，神话故事里的仙界成了我的向往。

前世你曾告诉我，你此生最大的夙愿就是能列入仙界。传说在此便会成仙，于是我便在此等待与你的重逢。

春去秋来，东升西坠，望穿秋水般的等待，终究是一场空。仙人崖上载满了我所有的期盼。

三、了此余生净土寺

镶嵌在大山里的净土寺，被翠绿包围着，杏黄色的院墙，青灰色的殿脊，神态各异。千姿百态的神像栩栩如生，上香的人更是络绎不绝。我决绝地来到佛门圣地，一盏孤灯，一本禅书，渡我前世，了此今生。

佛曰：前世缘已尽，今生不相见，定数。

青春逝去

俗言,扬手是春,收手是秋。青春岁月似乎就在一扬一收之间逝去,心中有一股不可名状的酸楚和被青春无情抛弃的无奈。

看着镜中的自己,脸上已经挂上了岁月走过的淡淡印迹和流年的风霜,内心里涌现出太多的不舍和许多的思恋。过去总以为青春会长驻,岂不知红颜一去不复返。美好的岁月在不经意间悄悄离去,我们的人生开始进入成熟期,以成熟的姿态代替了轻浮,感受永远不会倒流的时光。面对回不去的曾经,面对青春逝去有种潸然泪下的冲动。看着飞远的幸福,默默流泪,寻找答案。时间流逝,那些无法解答的疑问留在了记忆的篇章中,没有人翻阅,也没人给予解答……

雨露在这里蔓延,阳光也在天边等待……

青春,一半明媚,一半忧伤。它是一本惊天地泣鬼神的著作,而我们却读得太匆忙。于不经意间,青春的书籍悄然合上,以至于我们要重新研读它时,却发现青春的字迹早已落满尘埃,模糊不清。

走过青春,就开始什么都偷懒了,不再在失眠的夜里想念某些人,不再一个人的时候想找个人陪陪自己,不再因为某些事偷偷流泪。涉过青春之河,回忆我们步履蹒跚走过的路。那狂执的追求,那热血激荡的理想,都在流年中成了过去,成了对爱情童话般的憧憬。

我不是一个很好的记录者,但我知道我比任何人都喜欢回首自己来时的路。就算时光扔下我轰轰烈烈地向前奔去,我也要把我的青春放进历史的扉页!

青春,我们人生的里程碑。

秋 雨

　　行走在秋风秋雨里，一个接一个的寒战。更让人叹息的是风雨里正飘落的花瓣，它告诉我们：一个季节飘落了。心中的遐想加上袭来的凉意填满了整个心田。

　　常言，一分秋雨一分凉。大自然里也是有无数的生命会随着季节的到来而飘落甚至是消失。绿意褪去，散落一地的伤感和对生命的脆弱与短暂的哀叹。

　　岁月总是一季季、一年年。秋风吹落的树叶，秋雨里落入泥土的花瓣，它们会再生吗？它们会轮回吗？我想可能会吧。不然春季的春风春雨里，怎么又会有新绿意？雨后的早晨，怎么会有令人陶醉的花朵绽放？

　　季节的交替也让万物轮回，秋风秋雨让落花成泥，让我们有彻骨寒意，纵使参天大树也会给人一种孤若伶仃的印象。

　　岁月有轮回，万物有轮回，那么人类呢？当这个问号出现在我的思绪里时，更浓烈的寒意从我的心里升起！

秋　语

　　似乎很久没有和文字握手,忙于各种与文字无关的琐事,像蚕茧,剥去一层仍有丝丝的缠绕,让这个秋始终充实地忙碌着。一夕之间,深秋飘然而至,心还在夏日的海滩上雀跃,随风飘舞的荒野却昭示了深秋的模样。

　　早晨推开窗,一股凉风扑鼻而来,薄薄的睡衣已掩不住寒意。倚窗而立,缤纷入眼,一些小喜悦就在欢愉中明快,一些小念想就在悄然中潜滋暗长。蓝天高远,旷达明净,这样的时光,似乎最适合凭栏数秋,把一页页的金黄,一枚枚的火红,尽收眼底。此时,若有人弹一曲关于秋的筝音,梦随曲动,那情那景该是灵魂里最惬意的时光吧?抑或手捧一本闲书,静静地在别人的故事里徜徉,微笑也好,忧伤也罢,此时,定是书香与秋韵融为一体。

　　漫步于渭河岸,千丝万条的金丝线和葱郁的松树,更给秋增添了许多美感。柳叶纷飞,恰似秋的信笺,无语却包含内蕴。此时的阳光并不耀眼,轻轻拈起落于肩头的一片叶,秋的色彩上印记了情感的私语。

　　　　秋花惨淡秋草黄,耿耿秋灯秋夜长。
　　　　已觉秋窗秋不尽,那堪风雨助凄凉!
　　　　助秋风雨来何速,惊破秋窗秋梦绿。
　　　　抱得秋情不忍眠,自向秋屏移泪烛。
　　　　泪烛摇摇映短檠,牵愁照恨动离情。
　　　　谁家秋院无风入,何处秋窗无雨声?

罗衾不耐秋风力，残漏声催秋雨急。

连宵脉脉复飕飕，灯前似伴离人泣。

寒烟小院转萧条，疏竹虚窗时滴沥。

不知风雨几时休，已教泪洒窗纱湿。

自从读了《红楼梦》中《秋窗风雨夕》后，我一直把秋看成是悲伤的季节。直到步入社会，经历了许多世事，才略懂得了人生的秋，明白了秋在人生这部作品中，具有任何季节都无法取代的高度和厚度。正所谓，千帆过后回眸一笑，方懂平平淡淡才是真。

喜欢于清欢里，携一抹柔和，怀揣一束过往的烟云，用淡淡的欢愉装点时光。红尘里，许多人成了故事，许多事成了风景。一场放逐，终将万千心事酿成一杯陈酒；一个回眸，已将山水凝成流年的永恒。岁月永远那么永恒，日子永远那么车马喧嚣。倾听回声，累积过往中的点滴幸福，心灵不再忧伤，把丝丝缕缕串联成快乐，不枉此生，不负韶光。

墨前执笔，静听心音，一人静，满树花开，一阕，一歌，一窗秋景，所有的繁华凋谢，都在目光里辗转。守一份安然，拈一指领悟，待墨色风干，素白的笺纸上，大写流年无怨无悔，一路轻装而行。

喜欢一种简约，在俗世的烟火中修篱种菊，安静地倚在时光深处，看花开花谢，不卑不亢，不惊不扰。累了，就将心靠岸，去看海，去爬山，相信有梦的地方就有希望。

穿行于风尘世俗，轻吟着平仄流年，习惯了在淡淡的疼痛中寻找真实的自我，每每在轻舞霓裳处倾听灵魂的呼唤，任指尖轻触的时光，荡漾成温软的微笑。轻拾岁月，那些随季节而舞的韵律，那些踏水而来的歌，那些懵懵懂懂的情，那些挥之不去的念，终是淡然成回眸一笑，染了云卷云舒，与秋水共长天一色。

前些日，与朋友一起去摘果子。看着漫山遍野的花和苹果，莫名其妙地就爱上了这片世外桃源的清幽。闻着淡淡的果香，静静地享受这片时光的清宁，恬静而惬意，欢喜着，欣慰着，仿佛自己就变成了美丽的蝶，翩翩而舞，只为寻得生活的芳香。

若，我们还有今生

初冬微寒，思念如故，煎熬在红尘的善变里，心已碎，两眼垂泪，锦书难托梅花坠。残水流，心念难求，花影飞雪梦中留。孤寂夜，寒风萧萧，琼玉纷飞看花落。昨日情，流水匆匆，肝肠寸断玉泪游。

前世你为锦瑟，我为流年；你为明月，我为清泉。这一生你为剑客，我为古剑，陪你天涯海角；你为侠客，我为青丝，缠绕在你心头。任窗外白玉纷飞，今生的相逢都是前世之缘，我便相信轮回。为此，今生才会注定相遇。寻觅三生石上的一段不解情缘，在琼玉纷飞的路口，我期盼你的归来，哪怕是一个浅笑，亦能融化我的冰冻。前世你决绝地离开，冰封的心从此与青灯为伴，为君挽起的发髻从此不再飘然。这一段宿债，承载了我半世的孤寂，彼此之间的忧愁，辜负了三生的夙愿与撩人心扉的真情，痛苦了千年的等待。

一丝微弱的残念，鼓舞着我的心跳；一点浅薄的记忆，寻找着前世的足迹；鸿雁的羽翼里，蕴藏着一世的信笺。纸间漫溢着不可磨灭的爱恨情仇。执念前世，寒风里流淌的是过往的身影，一段历程，留下一串足迹，刻着一段情缘。

也许，此岸和彼岸，我们只能泪眼相望。红尘的身旁，唯有流年的记忆，沧桑的沉淀。断了线的风筝，毅然决然地寻找着线的方向。

浅浅的琴音，依然在耳边，曾经的一弦一韵刻骨铭心。想放下执念，忘却忧愁，去做白玉般的无尘，却万般难。心早已是一个破碎的青花瓷，以寂寞为清宁，把飘零当归宿。

　　若，今生我们还能相见，我愿只做绿叶，来衬托君的嫣红；若，今生我们还能相爱，我只为君盘起那流云般的发髻，相守到老；若，今生我们会有洞房花烛，我愿醉笑陪君一生一世，从此不再诉离殇。

三月春雨，素心未央

暮春三月，草长莺飞，绿油油的草地，在春雨中柔软得如少女的心。院子里的春花在雨中显得格外的鲜艳，清澈的溪水，再加上雨点有节奏地落在上面，激起一圈又一圈的涟漪，在雨中追逐。

几个十七八岁的姑娘，不管现实如何的残酷，不管生活的压力何等的大，她们依然不想抛弃青春的欢乐，于是卷起衣袖和裤腿，露出嫩藕般的胳膊和小腿，在溪水中玩耍。她们的幸福沉浸在忘我的境界里，她们的青春是写在诗意上的年轮。

触景生情。而立之年的我，回忆自己十七八的岁月，似乎很近，又似乎很远，其实已经十多年过去了。那时的我们亦如现在的她们，最大的理想就是考上一所理想的大学，工作、婚姻都是很遥远的事情，最纠结的烦恼也莫过于偷偷地喜欢一个男生。

"雨是寻常的，一下就是两三天。可别恼，看，像牛毛，像花针，像细丝，密密地斜织着，人家屋顶上全笼着一层薄烟。树叶却绿得发亮，小草也青得逼你的眼。傍晚时候，上灯了，一点点黄晕的光，烘托出一片安静而和平的夜。"

最喜欢朱自清在《春》中描写春雨的这段话，他以细腻的心思和独特的笔法，以及精美的语言，运用比喻、拟人等修辞方法展现出一幅幅富有诗情画意的雨中之景，读了给人以美的享受。我不由得想到家乡的雨夜，那点点的灯星在淅淅沥沥的春雨里安详地做农家人的守护神，没有一丝抱怨。因雨，乡村的夜格外地安静。我想，是因为累了一天的人们，伴着雨声已经进入了梦乡。

一年之计在于春，一日之计在于晨。三月是春的开始，也是梦的起点。在春雨的洗礼中，梦想也就驻足在这片肌肤之上，生根、发芽、开花、结果，一切都井然有序。

春雨贵如油，是上天迟来的爱。我们应该珍惜春雨，在春雨中播种希望，以便收获未来。

谁念西风独自凉

一袭白衣,犹抱琵琶,

泼墨青丝随风摇,萧萧落叶满地飘。

——题记

花零落,行匆匆,销魂不胜疼,人间何处问多情,离人心头泪水浸,繁华过处空留恨,怎教相思不沉痛?断肠崖边先断魂,相思路上先伤身,千山万水独自伤心。红尘故好,寄语落寞唯自晓,叹薄情,道负心,岁月如梦水东流,多情总被无情恼。

一别如斯,三更雨不成调,红楼半夜灯火明,忆得千年来相守,痛得白天不懂夜的黑。冷露无声夜欲阑,秋淡月弯,泪不干,独听灯前雨,握手西分话离别。杨柳衰尽叶自落,今夜本是落花朝,秋风一扫,落花满长安,花落如雪,便觉晓天寒,断肠又一宵。

甚远,遥想当年,随风流,月明中,惹得佳人玉脂游。思君?恨郎?别恨同,不禁风,只留一身憔悴。已是深秋孤寂夜,凄凉赛断肠,梦里全是思量,更彷徨。前朝旧事怎相忘?青衫湿遍,尽凄凉,难掩寸裂柔肠,盼天涯芳讯期,多少怨愁填眉宇,薄情甚似寒月。此恨何时已,此情何时断,葬爱于流年,淡泊如风,才知儿女情长无味,追忆似水年华,与风相依,忍听琵琶无一语,弹尽离恨,去无痕,心似莲。

红楼一梦碎山河,拾取思量长安城。往事回首流水过,幽人月下淡红尘。深醉不知来时路,梦醒方见半盏灯。花开花落会有时,何必怜惜泪苦等。纵使情似海水深,怎抵过翩翩起舞之蝶?海水故有涯,相思却无畔。月满西楼,依旧孤独,相思曲遥,疼断弦,却无人知晓。
西风微凉独自知。

谁是谁的谁

　　谁醉了谁的梦,谁荒芜了谁的追求。不曾记得自己走了多少路,不曾想起自己流了多少辛酸泪。流年里,淡泊的只是那一瞬间的誓言,搁浅在红尘里的记忆早已被无奈冰封,相思断了线,泪水却不间断……忘记了谁是谁的谁,遗失了美好的回忆,冷风无情雨,残月照心间,梦一场,痛一场,终将为空,杨柳抚风不再愁,岸边飞絮阻挡秋。无奈夏风迎秋到,谁人不知落叶飘,落入泥土归大地,世人皆说最可悲!

　　人生如梦,朝如青丝,暮归雪,叹短暂,哀苦难,瞬间不可见!来去匆匆如花谢花飞,昙花一现,却烙印般铭记在心。深夜里,心门半掩,是在等谁的归来?陌上花开为谁而香,这满地的相思又为谁而生?我紧握今世唯一的芳华,只为换取前世的记忆,延续来世的情缘!剪碎圆月,痛饮千杯,不曾挥去相思的皱纹。那一缕情丝,缠绕着岁月的轴承,你双眸里流淌着百年的离愁,沉淀了千年的沧桑及各种悲欢离合。

　　飞星遥相望,爱恨两茫茫,佳期如梦,金风雨露盼相逢。冷月无声,难表真情,水波似心荡,时时知为谁恋。寒风起,渐黄昏,泪满面,鬓如雪,纵使相逢又相离,苦等无期,泪却千行。望尽天涯复几许,落花流水谈何多。寂寞月夜鸿雁鸣,最怜佳人伤心情。微许相思,泪洒西楼。燕语残月道离愁,今宵夜,共剪西窗!

　　曲尽人散,古琴为谁奏?酝酿在心门的曲谱,只为你而弹,只是弦已断,漫漫长夜恨难眠,滚滚红尘情无言。蒙蒙烟雨,道不清,是忧

愁,还是喜悦;人海茫茫,言不明,是偶遇,还是巧合。曾经泪眼相望
为相离,那些海誓山盟早已流进了谎言的海洋。洞房花烛夜,旧爱滴
滴如雨露,泪断了肝肠。浅吟一首词,祭奠死去的爱;深刻一副碑,埋
葬逝去的情。忘却了谁是谁的谁。

说不清的伤感

　　冬天在秋天的颓废中已经悄然来临,细数每个不眠之夜,冷冷清清。幻想着自己完成梦想的那一刻,总是有点失落,数着倒计时的日子,失眠的气息在蔓延……故事有了开始,过程却是这样的难把握。忽然觉得所有的不理解和想不通其实都是自欺欺人。书能香人不需花,茶能醉人何需酒,为什么要将自己定格在伤感的旋涡里? 每天看着生活里形形色色的人,望眼欲穿,却找不到境界的边缘,也许生活只是一场最精彩的舞台剧。际遇,只不过是瞬间的幻觉。是谁动了我的心弦,让我如此的不安? 这个问题在我的脑海里已经反复了千百遍,可我就是找不到一个让自己满意的答案。这不仅仅是一个男人或者一个女人能打动我的问题,不一定只有人才能让一颗久违的心感动,一阵微风,一场秋雨,一片艳阳……世间的万物或许在某个瞬间也能激起我心底的浪花。

　　每次当我对着朋友说一切随缘的时候,我就觉得自己很虚伪。其实我很清楚,根本就不存在所谓的缘分,那些只不过是自己骗自己的谎言罢了。人生就是这样,你不想复杂地存在,它偏偏要在你简单的生活里出现许多意想不到的荆棘。只有走过了,回过头来看看,才觉得自己的想法和做法是那样的荒唐,可是人们往往就在这样的荒唐与可笑中慢慢地长大。

　　"无可奈何花落去,似曾相识燕归来。"这两句词现在想起来还是那么的亲切,可惜曲终人散,微笑依然落寞。听着自己喜欢的音乐,想着自己导演的故事情节,看着窗外的漆黑一片,感受着冬的凄凉,这也是一种独特的享受。

四月闲言

　　白浊的江水缓缓流淌,被冲刷过的堤岸沾染了它特有的腥味,散发到空气中,感觉不好不坏。希冀着头顶出现鸟雀的欢鸣,可以打声招呼。因为至少它听不懂,就无所谓接不接受。或是几道残影,能够给我无限的想象,或自由,或孤绝,或傲骄……可惜无论是鸟鸣还是残影都不见分毫,稍稍令人失望。

　　堤岸上倒是有不少柳树,树身粗壮,灰黑色,一块块裂开的树皮犹如鱼鳞甲,透出一股子冷冽。它们在这儿扎根,不惧风霜雪雨,想来少不了这身护甲的功劳。眼下,它们的枝条上是一片一片的翠叶,远远望去,朦朦胧胧一团团的绿光。若是枝条再多一些,叶片再密一些,树冠稍圆一些,正好是一根根棒棒糖,就不知谁有这好口福了!再过四五个月的光景,这团团绿光便会在层层秋雨的冲刷下逐渐泛黄。这里够冷,叶子的黄色会很纯正,置身其中,就像小时候梦想的国度。不光是这种颜色迷人,叶子临死前散发出的气息更加引人沉迷。那是一种不能描述的气味,神秘而纯粹。黄叶落尽后,完全被雪埋掉,看不到丝毫的残叶。再后来就是春发了,不紧不慢地再次换装。也有不一样的。楼下不远的几棵树一直到雪前还是绿的,不过泛着青色,透着死气的青色。这些叶片已经死了,连带着绿光也死去了。

　　现在的时节比较多雨,不管是老家还是这儿,都是这般。雨没有多大,断断续续的,却不放晴。不喜欢撑伞,就那么感觉着雨点的敲打,不痛不痒。雨滴太轻了,只能感受。想起巴蜀雨声理所当然的硬气，一如那支川军的骨头。楼侧窗外有几棵梨树，前几天的梨花白已经褪去，换上了轻快、养眼的夏装绿。但看着看着就替白梨花叫屈，花开不多会儿便遭遇了万恶的沙尘天，白白的化身被土黄的沙尘侵害，让人扼腕叹息。花因春风所开，却因风尘而灭，心里有了隐隐的不快。消除沙尘的理当是一场及时雨了！雨水虽小，但有寒气，稍不注意加衣，就会在这不该得病的好时间里卧床，那样有多少人间的美好就此错过。

最喜人间四月天，雕梁画舫听雨眠，当然也少不了酒的陪伴。没有青梅酒，不过有着头道酿，更显恣意。若是有桃花煮酒，便更妙了！浓烈的红尘气掺和着霸道的酒气，你不得不屏气凝神，让这股子气息融入血液，慢慢地回还理顺。也就数口，不敢多饮，越多越迷醉。人面，桃花，酒气，雨声，哪个真，哪个假，已经无从分辨了！

随　笔

　　落日西坠的那一刻，很美，同时，也很凄凉，仿佛一个人的生命就在那瞬间的绚丽中死去。我望着渐渐逝去的夕阳，不免一声叹息。

　　曾经为了"夕阳无限好，只是近黄昏"而感到哀伤，曾经为了"夕阳西下，断肠人在天涯"而肝肠寸断。年少时候那份天真的感情，在每个人的心里都刻下了一道永远抹杀不掉的伤痕。随着岁月的流逝，对爱情越来越淡泊；随着年轮的回转，对生活越来越没有信心。

　　想念一份属于自己的简单的幸福，只是生活不是你想要就能得到的。看着好友相亲相爱的画面，我深深地羡慕，再送上深深的祝福。只是在灯火阑珊处，我永远找不到属于自己的那个他。也许，月老在我们之间连了一条无法计算长度的红线，以至于我们不能相遇，彼此之间只能在尘世的煎熬里度过这分分秒秒。

　　疲惫的心似乎在浩瀚的大海上四处漂泊，找不到自己的港湾，用尽所有的力气去呐喊，也没有人可以听得见。一直以为自己就像浮萍一样，别人却说我是太过于悲观，无奈生活就是这样的纷扰和现实，点点滴滴给予我的都是灾难。

　　今后的路还很长，未来依然很渺茫，十年，二十年……

桃 恋

　　碧瑶山，这个鲜为人知的地方，静若处子，委婉动人。她用她的沉稳与无私养育着万物精灵：苍翠的林木，潺潺的溪流，清脆的鸟鸣。更让人神往的是那片风华绝卓的桃林，每逢花季，暗香浮动沁人心脾。最让人爱怜的就是她，一株随意却极富艺术特质的桃仙。她天生丽质，就连每一个旁枝都是那么婀娜多姿。当微风掠过她那诗意般的嫩肤时，她总是极力地配合，以她最美的舞姿给人留下无尽的遐想。唯一的缺憾是，她的根系上居然又分出了一个家伙，而且，奇丑无比，就是给农夫当柴烧人家也会嫌弃。这令她倍感耻辱。而他，一直仰望着她。她是他心目中的仙子，他要用他的一切去呵护她，给她安全，哪怕是他的生命。他不奢求什么，只希望她能给他一个提示，哪怕是一个眼神。而她，始终没有放下她那傲慢的姿态。

　　日子就这样一天天过去了，她，越发动人，而他却依旧吓人。仰望了这么多年，他想平视她一次。而就在此时山洪暴发了，突如其来的泥石流气势汹涌，咆哮震天。来不及躲避，转瞬间整片桃林四分五裂，一个个被卷入了漩涡。他用他那伟岸的身躯拖住了她的残枝，在石沙的淫威下幸存了下来。

　　不知过了多久，她醒了。残枝败叶，亲友离散。从高高在上的山腰滑落到了无人问津的沟底，她愤怒、怨恨，甚至有些绝望。

　　"这是什么鬼地方？"

　　他惊喜万分，因为这是她第一次同他说话。

　　"山、山、山底。"

与其在这暗无天日的谷底活着，还不如早些解脱，她闭上了双目，打算就此长眠不醒。他没说什么，因为他知道她太累了。他把他周围的养分用他那笨拙的枝体汇聚在她的脚下，他努力地吸收日月精华，把最宝贵的真气注入她的体内。日复一日，她那死去的硬皮奇迹般地脱落了，玲珑的躯干晶莹剔透，在昏暗的光线下发出醒目的绿光，她欣喜若狂。她没想到在经历了这般磨难之后，竟然会如此神奇！附在一旁的他只是淡然一笑。

又是一年花季，那透明的枝丫上竟然布满了点点星斑。某天，她被一奇人发现了，她的世界又充满了歌声和笑声。文人雅士给她填词赋曲，士大夫为她立碑作传。他作为她的陪衬依然默默无闻。从此，附近的庙会、节庆都会在这里举办。灯火烟花、小吃杂耍应有尽有。一向沉默的山谷一时间车水马龙，歌舞升平。后来，连朝廷大员也来此体察民情。

每一次她都是竭尽全力，不负众望，一身惊艳，让人赞叹不已。花期一过她又有些失落，她不甘于平庸，她努力着。终于，绿色的小精灵又爬满枝丫，人们对她更是顶礼膜拜。与她的神奇相比，他是那样的碍眼，人们为了满足自己的审美观竟然想把他根除。她想阻拦，可是她那娇弱的躯体又怎么能阻挡得了人类的双手，终于他永远地停止了呼吸。

她流泪了，人们越发觉得她是个宝物，更有甚者说吃了她的枝条会百毒不侵。这无疑是一个荒谬的想法，可人们却奉为真理，因为他们不曾怀疑自己的智商。她想申诉，可她那微弱的气息在被利益重熏的人类面前是微不足道的。

她后悔了，她恨这一身皮给她带来的灭顶之灾；她恨自己的无知与虚荣；她恨人们的愚昧与贪婪。可是她终是弱小的，她那娇弱的枝体还是被蚕食殆尽了，而人们依然生老病死。她想起了他，为了她能够花开二度，他耗尽真气却被无知的人们赶尽杀绝。她愤怒了，引来了一场暴雨。人们的房屋被冲垮了，但他们始终坚信吃桃枝能健康长寿。

　　冬天来了,雪野茫茫,两株桃树没有留下一丝痕迹。后来,有人说在月圆之夜能看见这两株桃影。他们一个奏乐一个起舞,还会散发出阵阵香气。据说,那香气能够延年益寿。于是,人们又在月圆之夜期待这奇迹的出现,这似乎又成了一个神话。

天若有情天亦老

　　尘埃落定,落寞依旧,时光流逝,曲终人散。夕阳边的等待,只不过是一场美丽的邂逅。雨中的遐想,也只是望穿秋水的写照。晶莹剔透的雪花背后,暗藏了多少心酸无奈。

　　月季在我眼里是那么的诱人,谁知一场狂风暴雨之后,便是狼藉一片,那曾经散发芳香的花朵,被摧残得实在让人心疼。瞬间,深深地体会到了黛玉葬花时的心情。当触动心弦的情愫正好在你的心里颤动时,哪怕是一刹那间,你都会感到撕心裂肺的疼痛。人生如梦,许多事情都不在我们的意料之内,有时候生命脆弱得让人心惊胆战。昨天还谈笑风生,今天就阴阳两重天。带着许多疑问,带着许多的不解,我们能做的只是淡泊所有,或许这样可以给生存一丝安慰。

　　落叶归根是大自然的生存规律,人生何尝不是这般呢?带着哭声来到这个繁华的世界,待消完前世欠下的债以后,又痛苦地带着不舍离开。泪水早已流尽,只是来的时候无牵无挂,去的时候却装满了放不下。每每想起这些时,心里就隐隐地作痛,残留在脸上的泪水,象征着一种割不断的情感。曾经那熟悉的背影,开心的笑声,总是回荡在每一个角落。总觉得这些清晰的画面还在身边,血浓于水,这种情感别人不曾懂得。雁过留声,可是人走了就什么也没有了!

　　回首这些年自己走过的路,什么味道都有。虽然有些惨不忍睹,但是在同样的年龄里,经历他人没有经历过的事情何尝不是一种幸福呢?把所有的不幸都看作是上天赐予我特殊的礼物,这样心里就会平衡点。上天本无情,要是有情,就会被各种情感所牵绊,就会变老,这岂不是违背了规律?

"等待缘分需要千百年,爱一个人只在一瞬间……"听着这首不知听了多少遍的歌,我心里的滋味不知道该怎么样用我贫乏的词语去诠释,心酸与幸福都有吧。每天有了远方的牵挂和那一份遥远的思念,我不再觉得那么孤单。也许感情就是这样,不在于朝朝暮暮,只要彼此心里有满满的爱就足够了。

天在哭，我在哭，你在哪里

曾几何时，我错过了不该错过的人，要说后悔倒是有点严重，也许那都是命中注定，有缘无分；曾几何时，我喜欢的男人是帅帅的，很阳光的，所以我错过了不符合自己心仪的；曾几何时，我喜欢浪漫的，错过了实在的；曾几何时……

雨就像无形的马鞭抽打着我罪过的心灵，哭泣老天不会看得见，流泪只是懦夫的表现。只能感受而不能呐喊的疼痛，不是一句两句话能说得清道得明的。

我知道朋友都是关心我，所以总是问我找下了对象没有，甚至好多人给我介绍男生。感情是人生的一部分，不能没有，可是我惧怕感情，更恐怖婚姻。这么多年，一个人的精彩让我早已忘记了生活里还有爱情这一说法。在这个社会里，要单身过一辈子不是一件容易的事情。

这周老是下雨，我的心情比这天气还沉重，再加上工作的压力，一下子觉得自己很孤独，以前从未有过的孤独。在这无聊的时间里，我只能用写作来度过每分每秒。童话般的爱情谁不期望？也许是因为自己心里的灰暗，所以我写的故事最终都会以悲剧而告终。现实是残酷的，故事也许有好的开始，却不一定有花好月圆的结果。看着一起的同事结婚都五六年了还甜蜜幸福的样子，很是羡慕。这辈子我不知道会和怎样一个男人过一辈子，甚至不知道自己有没有结婚的勇气。天在哭，我在哭，你在哪里？

往事杂忆

曾记得,十五年前有个小孩子端着一个杯子问我:"大姐姐,你能告诉我这个杯子里的水是什么颜色吗?"当时,年长的我还有点小骄傲,所以我的第一反应就是:这个孩子真笨。于是,我为了看她愚蠢到什么程度,便问她:"姐姐笨,不知道是什么颜色,你来告诉姐姐好吗?"她天真无邪地看了我半天,然后说:"是彩色的。"我很自豪地告诉她:"小朋友,你妈妈没有告诉过你这杯水是无色的吗?"谁知她听我说了以后,一边重复着无色,一边向家里跑去。

这个情节、这个情景在我脑海里一直存在了整整十五年。在这十五年的岁月中,我早已褪去了当年那股不屑的傲气,多了一份稳重,更重要的是多了一份思考。我想,要是这样的情景再上演一回,我绝对不会回答说杯中水是无色的,它确实是彩色的。不曾懂得一个没有思维能力的小孩子为何会说出那样的答案,也不曾去追寻十五年后的她现在是否正如当年的我,只是觉得,人有时候真的是聪明反被聪明误。

历史是一杯水,生活是一杯水,人的一生更是一杯水,多少的喜怒哀乐都藏在杯中,表面看起来透明无瑕,可是背后的辛酸和痛苦唯有经历过才懂得其中的滋味。

他,小时候是我们村最贫苦的孩子。家里很清苦,但是他却是我们村里读书最聪明的一个。也许是因为家里穷,才让他懂得去珍惜这来之不易的读书机会,所以他很用功,为的是有一天能走出这山沟。苍天不负有心人,他终于以全县第一名的成绩被一流的高校录取。在大学里，当别人在花前月下的时候他却在图书馆里，当别人拿着父母的血汗钱花天酒地的时候他也在图书馆里，当别人放寒暑假回家依偎在爸妈的翅膀下享受时，他却与太阳赛跑，与月亮同眠，不为别的，只为能少向家里要一分钱。各种奖学金，各种荣誉证书，几乎每次都属于他。这时他笑了，是因为他看到了曙光的存在。校领导说过，凡是在学校出类拔萃的人，将来的工作百分之百有保障，所以他会心地笑了，也如愿以偿了。

只是我们不承想，一个人的欲望一旦注入脑海里，便会日益剧增。欲望可以成就一个人，也可以毁灭一个人，当那杆天平失去平衡时，人就会无所顾忌地去追求社会道德和法律不允许的东西。其不知道，肯定会向地狱迈进。于是他在功名和金钱的诱导下终于走上了一条不归路。贪污受贿，被判了无期徒刑。他的母亲和父亲懊悔万分：当初让他上学就是一个天大的错误，要是他一直生活在农村，就不会有这样的事情，也许他们现在已四世同堂，正其乐融融呢！只是现在的结局真让人揪心，妻离子散，这是谁也未曾想到过的结局。

她，是我们村里最漂亮的姑娘，却由于彩礼的问题嫁给了村里最丑的男人。因为只有他才会答应她父亲十万元的巨额彩礼，所以她含着眼泪嫁给了他。婚后他每次都会说她是他买来的，她听了心里极其不舒服，最终她选择了以自杀的方式结束这个她原本就不想要的婚姻。

说实在的，对于嫁女儿要这么多彩礼的习俗，我也觉得有点过分。十月怀胎确实不容易，把一个襁褓中的婴儿养大成人更是一件不容易的事，所以适当地要点也没有什么不妥，只是有些人把嫁女儿当作发家致富的一个途径，太煞风景。所以大多数女人在婚后会背着人民币的良心债和对自己所谓的丈夫的愧疚过日子，无形中在彼此的心里有了一层很难言明的阴影，这样的生活只能使婚姻在阴影下继续延续着。

每个人都有属于自己的杯子和水，是清澈还是浑浊，其实自己很清楚。我们不求它里面是烈酒或者浓茶，我们只希望它纯净得可以看到自己的心,这样人生就不会有太多的复杂,也不会有太多的烦恼。

在时光里,许多人事,就那样不经意地被丢掉。已是黄昏,很快,就是万家灯火。那一扇扇幽窗下,又会有多少新的故事在重复上演,纯净得令人伤感。

唯愿安好之春

冬在暖洋洋里和万物挥手而别,春却狠狠地给大地披上了一层银装。春寒就是这样让人措手不及。

"面朝大海,春暖花开。"一直期待这样的情景,不曾想到,大雪纷飞,寒风刺骨,冰冷的心瞬间凝结。站在清冷的大街上,任凭风雪的洗礼。漫天雪花下的我,灵魂似乎也被冻结。还是喜欢这种被雪花包围的感觉,但心里却是希望有丝丝暖暖的惬意。

有一种情,住在悬崖边,只能观望,不可碰;有一种爱,叫作脆弱,一触便碎;有一种人,生在遥不可及的天边,只能泪眼祝福,不可恋。有一种念,叫作徒劳,终究为空。

曾经也是那么的喜欢星星,因为它是我的快乐之源。现在却迷恋月,因为它是我的伤感之源。愁太多,便会汇聚成流。大海也许不会容纳这么多的伤心,所以我努力地去寻找小溪,或者这就是所谓的结局。惨淡的影子,让人们没有机会去想明天的明天,一切都在这样的不确定里左右着,年复一年,最终谁会记得曾逝去的流年。也许人和人的关系,就像两条直线的关系:平行,相交,重合,异面。我喜欢平行,虽然永远没有交点,但至少在一个平面内;相交,一个交点以后便是越来越远的距离;重合,虽然有无数的交点,终归脱离了自己的心声;异面,等同于两个世界。

人生的每一段历程,都有着它自己的意义,只是有时候,有些事,有些人,不能随心所欲。期待总是在漫漫路上前进,最终只是一个无期限的等待。

春天的寒气来得太匆匆,走得却很漫长。吸一口冷气,长叹,把所有的记忆格式化,让自己的脑海一片空白,努力让自己寻找春的味道,让自己的心声在此生根发芽。于是便有了希望,等待春花的烂漫。

雪下的多了,就会期待没有雪的日子。风吹的时间长了,就会喜欢风平浪静的时光。思念太久了,便会怀念无牵无挂的从前。人总是在这样的满足与不满足中徘徊着。

我不是佛,所以度不了众生,只想拯救自己那颗灵魂。淡淡淡,终究淡不了心;错错错,最终错过了许多。无奈就在这样的曲折里种着,一天天,一年年,白了黑发人,走了白发人。

轮回里,谁也不记得谁,谁也不认识谁。陌路里早就注定了离殇,思量再难忘,也是徒然。

上天给了我们黑色的眼睛,不是用来看清世界,而是让我们明白,凡是白的即是黑的,黑的则是白的。所以我们不能怨世道的不公,只能说明自己的眼睛欺骗了自己。唯一能让我们觉得公平的是时间,因为时间可以证明一切。

春天的寒,冬天的暖,唯愿安好,便是花开的季节。

唯愿安好之夏

几度夕阳,几度朝露,染红了岁月的惨淡,滋润了人生的枯燥。手指间残留的余香,至今飘荡在我不曾抹杀的回忆里,岁月终究吞噬了一切。

耳边伤感的歌曲诠释着我的心声,夜的落寞更加见证着我的孤独。所谓的孤独造就凌云志,我一点也感觉不到,咝咝作响的心声就像一朵飘无定所的蒲公英。家,是一个很模糊的概念,我的孤傲,我的挑剔,成全了我的圣斗士生活。说无奈,有点自负;说自作自受,却又有些委屈。也许,缘分就注定这样迟来,或者,幸福注定要经历千疮百孔。

回头看看身边的人,谁的生活不是写满好多意想不到的插曲?人的一生,有多少是心甘情愿,又有多少是无可奈何?看着满天闪烁的星星,多愁善感的我便会想许多。我不承认我走得太曲折,我也不否认我走得有些苦,只是觉得有些落寞,微微一笑,掩饰了多少辛酸。纵使多么的不如意,我相信上天一定会眷顾我,幸福就在咫尺,只是我没有去珍惜。

夏季,是一个五彩缤纷的季节。曾经是那么的爱冬,是因为爱上它的冰凉。看着满天的飞雪,一丝冰凉穿心而过,是痛还是疼,分不清,只是莫名其妙地喜欢。而今却义无反顾地爱上夏,纵使热得满头大汗,也无所谓。

牵着夏的手,祝福天下所有落寞的人笑口常开;挽着夏的臂,希望生活中所有不愉快的人无忧无虑;恋着夏的爱,愿我的人生不再垂泪。初夏,唯愿爱我的人和我爱的人安好!

唯愿安好之秋

红尘烟雨相思泪,相思缥缈情无罪。

繁华落尽凄凉待,孤独一世心漠哀。

沧海桑田身疲惫,天涯海角度无奈。

孤鸾照镜影成对,朱砂半面玉脂垂。

——题记

吟红尘,虚无如梦,叹人生,繁华似空,一指流沙,落寞了谁的容颜,苍老了谁的桑田。曾记得,你的长发拂过我的脸颊,你附耳对我说:执子之手,与子偕老。

轻许的承诺被风唤醒,你可曾知道,这一生一世,我倾尽所有的情,耗尽所有的爱。断肠崖边,我等待了千百年,而你,最终还是未曾出现在我的双眸里。

昔日的欢笑不再现,唯留回忆存惨淡,最美的季节里一见如故,擦肩而过的忧伤,全记在了离别的红尘里。那年,那天,最让我留恋的不是烟雨江南中如画的景,而是伞下你醉人的一回眸。茫茫人海里,最是那温婉的一笑,便是倾国倾城,醉了红尘,醉了流年。纵然烟雨蒙蒙,也抵挡不了今生的爱恋,倾情到倾心,到天涯,到海角。

千帆过尽,我的痴情为谁付?繁华落尽,我的缠绵又为何人痴?江南的烟雨里,再也没有你那婀娜的身影,一遍一遍地痴望,换回的落寞湮灭了整个江南的美景。秋色里,人已不再,只有等待依旧未老。

　　轻抚长笛无一语,千里一眸盼伊归。落花烟雨一曲尽,望断天涯心已坠。惆怅一片,心愁,与谁共舞,不离伤,起尘花落过,心未泯,逐纷扰,洒落一地相思泪。风吹雨靡银河泪,聚散离别两相依。雨打芭蕉急,落叶无声栖,冷风拂窗依,笑问冰心何所忆? 谁人又知君为何思? 泪纷纷,雨纷纷,情绵绵,意深深,烟雨朦胧情似海,情深似海烟雨浓。

　　三生石上,等待依旧,唯愿,安好。

唯愿安好之冬

今夜，我抚琴而悲，弹不出昔日的流年，弹不出天长地久，更弹不出一生一世，唯独能奏出那断肠的凄凉。

——题记

风月戏说着冬的流年，置身于琼玉纷飞之中，有一种淡淡的忧。寒风抚发而过，隐隐地有些疼。年复一年，四季总是在无情地替换着，一颗心在时间的轮回里疲惫不堪，厌倦了繁华，也忘记了沧海桑田，只想握着淡泊，浪迹天涯……

不知道从什么时候开始，元旦在我心里烙下了深深的情结。每每这个时候，会有许多的记忆被寒风吹开，就像蒲公英的种子一样，越飘越远，最终找不到自己的根。也许人生就是这样在时间的世界里模糊着，忘记着，或者说刻骨铭心着，牵挂着。只是我们有所不知，当一种情结成为心结的时候，伤口上还是有点点的血滴。

窗外的雪花漫天，寒风呼呼作响。城市里虽然没有太多的树木，也没有家乡的袅袅炊烟，但是雪依然不挑剔地落在每座高楼大厦上，一层一层，不一会儿，便为城市盖上了雪白的棉被。倚窗而立，对于远方有种说不清的情愫，于是便会记下许多伤感的文字。也许它们不是我内心的独白，仅仅是自己的一种想象，游走于伤感的文字里。朋友都说这会影响我的心情，只是自己心里很清楚，纵然文字有何等的悲，我依旧面带微笑。生活是苦的，就像咖啡一样，依旧有许多人钟情于它。

　　风吹过，流在心门的那一缕伤感却钻心地疼，只因为远方有我最牵挂的你。雪停了，流在眼角的那滴泪水还是那么的伤心。深冬，是一个让人有很多眷恋的季节，有太多的不舍，有太多的无奈，更有数不清的思念。冬天的夜晚，寂静得有些寒战，街上的孤灯和我单薄的身影给夜增添些许温暖。刺骨的寒风吹起我的长发，零乱的长发肆无忌惮地飘着，思绪却渐行渐远。

　　深冬将至，寒风呼呼作响，不仅一个寒战，清冷寒不过人心之冷。冷漠里，呼一口气，静一下心，告诉自己，人心不过如此。繁华殆尽的瞬间，心支离破碎，冰封往日的记忆，酸痛直至心窝。寒水悠悠，伤心无语孤独行，梅花惆怅，唯有香如故。前途茫茫，沉思满地，冷风扫过，一片荒凉。

　　不想计较冬的严寒，也不想聆听风的凄寒，更不愿去感受雪的冰凉。只想在这样一个白色的世界里，净化自己的心灵，让它一片空白，好的不好的，全都格式化。做一个淡泊若水的女人，一天，一年，一辈子。

　　唯愿，安好！仅此而已！

西风多少恨，烟雨不知情

> 枯藤老树昏鸦，小桥流水人家，古道西风瘦马。夕阳西下，断肠人在天涯。

——题记

夜更深，雨又至，尤听窗外，西风更急，轻叩窗棂，落寞了一季的清凉；倾诉心语，宁静了一场繁华。挑灯，执笔，写一些零乱的字，述一点心中的愁，在年华偷换之间，衍生无尽的落寞与情伤。

院子里堆积的梧叶，也无力掩盖唐风宋雨里深藏暗涌的寂寞，却是荒芜更添荒芜。读书喝茶的寻常时光，竟也只能是一个人暗自吞咽过往。一个人静夜轻喃，这夜，这雨，这风，是否只是一时的光景；那时，那地，那景，是否已渐行遥远；此路，此刻，此心，是否也是一种凄美的浪漫？

叶飘零，花自落。落入尘，西风苦，欢情薄，一盏愁，今夕何夕，何日是归期？风抚叶，黄色泛，沧桑一地落。飞鸟过，轻声一吟，留下几世凄凉。轻言尘缘如风，缥缈无处，如今，只愿情缘随风而逝，浮生匆忙客，无奈惹尘缘。

生生不息的轮回里，万丈迷烟的红尘深处，那铭心刻骨的爱情，其实也会灰飞烟灭。江南的雨，总有一种说不出的美，尤其在杨柳依依的西湖边。风吹起柳丝，也吹动了雨滴。手中打着一把油纸伞，伫立在断桥上，望着点点雨滴荡起涟漪的湖面。那一叶又一叶的扁舟，不知是湖面泛起的水雾，还是风吹起的烟雾，好似一层又一层的薄纱，遮住了视线，看不清舟中是否有梦中的那个人。轻轻微风，拂过脸面，一丝清凉，衣袖也随风起舞，转动着油纸伞，转身却思绪翩然。许是因为江南的相遇太美好，所以便这样的钟情于她的存在。烟雨迷蒙中，我又看到了昔日的你：一个俊俏的白衣书生撑着油纸伞，牵手一位丁香般美丽的女子，在那雨中断桥上演绎了一场情戏中的爱恋缠绵……而我便是那牵手的女子。

滴落的雨声最终惊醒了陷入想象中的我，回忆一片一片地开始飘零，记忆一点点地断点，西风多少恨，烟雨不知情。

风月浅吟，相思微醉

　　轻轻地放双手于心门，才发觉，思念是会呼吸的痛……每每听梁静茹的这首歌时，心里总会不由得想起一个人，隐隐作痛的心告诉我：我在想他！两情相悦是最美不过的情，只是有时候感情不是那么的随心所欲，世上还有一种情叫作一厢情愿。不确定他是喜欢你还是爱你，却只知道自己是深深地爱上了他，这种很纠结的情感困扰在心头。那种疼痛虽然没有赶上女人分娩时候的痛，但也足以让人窒息。

——题记

　　渐去的斜阳，残留的余晖，经不起一声微弱的叹息，瞬间便消失殆尽。或近或远的情愫，缠绕在心门，似水年华，就在这样的不确定中来来去去。某时某日，涕滴如雨，决绝于江湖，潇洒不回头。今朝今日，却泪浸两腮，旧情难忘。昏暗的灯光下，弱弱的我，手握一丝落日残念，不肯放开，不曾断想。孤独的冷风瑟瑟发抖，梦的边缘终究萧萧落木。

　　垂柳，从昔日的黄绿到今日的黄绿，写尽了千年的沧桑，也流走了万年的历程。蜕变的心愈来愈冷，寒风似乎在耳边呼呼作响，冰封，不彻底的冰封又是何等的素雅。红尘，有时像空气。说不在乎，却会肝肠寸断；说在乎，却如粪土。公园的对面，那一对诗人夫妻的雕塑，给我太多的遐想。灯火通明的时候，他们在人来人往中含情脉脉。今日的纷扰里，谁能如此重情？谁又何等的能守情？每一场风花雪月都是最甜美的开始，却有太多的结束是那么的痛彻心扉。

孤灯拉长了我单薄的身影，不禁一声叹息，是在祭奠我死去的前世，还是在惋惜我今生的磨难？三生石上，我抱着那刻在碑上的誓言，狂风暴雨中，依然坚守所谓的来生缘，只是终究还是一场空。

脚步边小溪的跳跃声，或急或慢，似乎在极力地配合着每个人不同的心声。在世界的同一个角落，都会有喜和悲。尘世中的落寞，谁可以逃得过，谁又可以躲得了？劫亦是缘，冥冥之中便注定。

今夜星辰陪伴，暂把孤独藏于不曾看得见的地方，吟一首宋词，诵一首唐诗，与风浅吟，与月同醉，泛红的容颜，悄然垂泪。喜欢月，亦爱夜，那份静默，谁人可懂？爱上静寂，呆呆地坐在云的边上，看着人世间的种种，却心静如水，物喜己悲过眼云烟。

不知不觉来到传说中的牛谷河边，一股臭气让我的微醉荡然无存。尘世亦如此，美好与罪恶总是相间。万事万物生生相克，只是我们都爱美好的一面，却诅咒不好的一切。殊不知没有这样的臭水衬托，我们怎么知道那条小河是甘甜的？为此，我不贪念世间一切所谓的美好，也不唾弃所谓的丑恶，只是心如止水地过着，活着……

相 思 雨

望着车窗外飞过的风景,雨后,远处山头被浓浓的烟雾笼罩,近处的树上,全是湿漉漉的,被雨水清洗过的大自然,别有一番韵味。大自然有时候也是贪婪的,被暴晒后,迫不及待的这场雨,让它们又充满了生机,所以才会渴望安静地聆听雨的呢喃。

此时此刻想起了你曾问我的一句话:你是不是有恋父情结?要不然你为什么会爱上我一个老头子?我当时回答你:我没有觉得你老啊。我们的故事何尝不像这六月的雨呢?本该很平淡的生活,有一天在茫茫网海里不期而遇,终究还是缘分在作怪,千里之外,从此便有了牵挂。

列车离出发地渐行渐远,却距目的地越来越近。夜幕来临的时候,外面已经模糊不清。车厢里,人们的睡姿千姿百态,我却没有丝毫的睡意。想着今天的试卷,大脑一片空白,我不知道我到底要和命运抗争到何时。想起你说的话:你永远是我的骄傲。我心里涩涩的,我败得一塌糊涂,谈何骄傲?

同学在组织部上班,看着她和男朋友甜蜜幸福的情景,我默默地祝福他们。一个人的旅程难免有些伤感,可是我并不孤单,因为他乡还有我的最爱你在。心里不知道幻想过多少次见面的情形,却只是本着相见不如怀念的心态,默默地想着你,不曾去见你。这份情我不愿被粉碎,因为我真的对自己没有信心。

总以为自己什么都能想得通,可是每次提到她时,我心里还是有说不出来的酸痛。

你说:那就对了,爱是自私的。我没有理由去忌妒任何人,因为我认识你在后。

我说:离婚是一件很伤人的事,为了孩子,好好过。

其实爱的纠结总是让人很矛盾,世间有种爱不是不能在一起,而是想爱却不能去爱。你碰不得,因为你有家,所以我对你说:我会远远地看着你,只要你好,便是晴天。过了那个冲动的年代,此时只想静静感受那种无奈的牵挂,千般的疼痛也只能忍受,生活就是这样的折磨人,容不得半点的虚假。

你说:每个人成功的背后都有自己的心酸。

我说:我懂。

许多时候,我总是在想,如果不要让我遇见你,也许我现在还是一个没心没肺的人。说不清的种种总是缠绕在相思的岁月里。

也许,只有用心承诺了,便会有一生守候的古刹,那里有我五百年换来的相遇。只有用心耕耘了,这边属于自己的天地便会有绿色的光照。我不会因为有硕果累累而欣喜,只为五百年的煎熬换得今生相爱而祈福。只有用心品读了,才会品出那沉淀在唐诗宋词里的相思风雨,五百年的篇章中记载了我点点滴滴的相思泪。只有用心去等待了,那个属于我的港口,总会等到伊人的归来。五百年的等待,终会有个归宿。宿命如此而已。

明明知道相思苦,偏偏对你牵肠挂肚。是滴落在屋檐的雨滴,撞响了思念的风铃;还是这清脆的歌声冲破了心扉,在细雨中呐喊?千古情绵绵流淌,谁是可以感知雨水情深的痴人?谁又能放弃都市繁华的灯火辉煌,在这偏僻的角落,迎接一片相思雨,沸沸扬扬地挥洒?

相思雨淹没心海,洗涤了纷繁的尘埃;相思雨,湿润了思念的篇章。文字篇篇纤长,轻轻著一笔,书写天涯海角的遥远;淡淡书一笔,涂抹天南地北的间距。种一颗红豆,期待那株芳香的果,如同等待。

我们的约定,是否也可以在飞扬的雨丝中捕捉?我们的承诺,是否也可以在湿润的雨幕里萌芽?我们的奢望,是否也可以被雨丝连接？我感触着雨的清凉，淋透夏季的枯燥，让许多铅华堆积的陈旧，一遍一遍地刷新记忆的空间。只想编织一幅今日的雨幕——相思的雨，可以贯穿天地，连接天涯。

写给渐行渐远的青春

　　望着渐行渐远的青春,心里除了涩涩的之外,更多的则是无奈。每天徘徊在纷扰的人群里,盲目地追寻着自己想要的那种生活。只是我们不承想,一个人的欲望一旦注入脑海里,便会日益剧增。欲望可以成就一个人,也可以毁灭一个人。当那杆天平失去平衡时,你会奋不顾身地去追求超越力所能及的东西,却不知道,你已经脱离了生活的轨迹,有可能你在向地狱走近。

　　每趟旅行都会有新的感受,亦如人生一样,每天都在更新。只是有时候那种不属于自己的风景不能太多地去留恋,贪婪就像一把匕首,慢慢地刀尖会不知不觉地刺向你的心脏,后悔莫及的时候,也许就是停止呼吸的瞬间。一个人一辈子,痛苦远远大于快乐,只要我们能以平常心去对待那些得与失,心情便会坦然许多。虽然没有人能步入到佛家那种无欲无求的境界,但是至少能做到淡泊安然,也算是一种超凡脱俗。

　　站在十字路口,看着匆匆的行人,或急或慢的步伐,不同的表情,不同的忙碌,不同的行程,走着自己不同的轨迹,宗旨却都只有一个:为了活着而奔波,为了所谓的生活而活着。生老病死每个人没办法去选择,上天对每个人的开始和结束是那样的公平,只是在这个开始和结束的过程里,却注定了千百种的不同。苦难的历程绵延不断地在持续,没有可以躲避的港湾,只有面对是唯一的办法。形形色色的过程构成了所谓形形色色的人生,喜怒哀乐诠释着每个人生命里的点点滴滴。

　　每次与失败拥抱的时候总是那么的狼狈不堪,伤心与失望湮没了所有的骄傲,忘记自己曾经还有那么瞬间的辉煌。痛苦在一点一点地累积,周围烦躁的一切都是那么的格格不入。可是每当与成功相恋时,又是那么的高高在上,高处不胜寒的名言早已被抛到九霄云外。人性的弱点在此赤裸裸地被呈现在我们的面前。静听生命的每一次跳动,都有不同的感受。那些昙花一现的生命当时会让人痛彻心扉,回过头来,换个角度,也许是一种解脱。经历的苦难多了,对生活的信心就会越少,索性以最短的历程告别活着的煎熬,何乐而不为? 只是很少有人会这样去理解一个让人很痛心的死别。

　　对于所谓的女人现实,或者男人现实,早已没有什么言语可谈。也许这不是人类的现实,而是一种很可怕的社会风气在摧毁着人类的灵魂,这种毒素在侵蚀着社会的每个角落。当人性的所有魔性都暴露出来的时候,这个世界之可怕是我们无法想象的。万物都有灵性,更何况是人类,当邪压倒正之时,灾难是挡也挡不住的。

　　在这样一个无法用言语形容的社会圈子里,做到难得糊涂是那么的难。试想着把所有的白当成黑,把所有的假都当真,把所有的存在当作虚无,那要何等的脱俗? 也许当你做到这些,你便会不再是那么的累,也就不存在那么多的想不通,所有的百思不得其解都是自欺欺人罢了! 对于当下最流行的第三者,不需戴着有色的眼镜去看他们,也没有必要用恶毒的言语去谈论他们。人类,不管是男人还是女人,都有审美疲劳的时候,喜新厌旧也是人性,这些我们没法阻止,所以没有必要为了某个男人或者女人所谓的背叛而去犯傻。殉情或者伤害他人都是很不成熟的表现,在此也许只有难得糊涂一回,才是智者的选择。

　　女人不要以为把自己的一生寄托在某一个男人的身上是最明智的做法,不要把他当作你人生的全部,他只是你人生路上的一个伴侣。即使这条路上他不在了,虽然有些寂寞孤单,但是你也同样会走完这段旅程。为此,在所谓的背叛来临之时,你就不会那么的心痛,也不会有那么多的怨恨。男人,不要用一生能睡多少女人作为炫耀成功的标准,即使没有传说的十八层地狱,也会有玩火自焚的一天。摸摸自己的良心,即使你睡遍全世界的女人,你能逃过生老病死吗?看着千姿百态的人生,望着自己已经远去的青春,爱情的誓言是那么的可笑。对他们微微一笑而过,继续着自己的道路,一天,一年,一生……

心　序

凝月忆旧时，
垂泪赋新词。
遥想当年事，
浅思今日期。

——题记

如果说春天的雨水亲吻大地，是为了万物的苏醒，那么一场意外的尘缘，是不是为了拯救一个落魄的灵魂？

那深情的一吻，注定了一辈子不诉离殇，一段天荒地老的佳话从此刻在人们的记忆里。大地迷恋着雨的温柔，雨就这样肆无忌惮地抚摸着大自然的每一寸肌肤，这份姻缘就这样注定了。

人生的每一次悸动，都是最美的回忆。聆听夜的呼吸，才发觉，走过的风景之所以迷人，是因为有某个人的足迹，所以相遇是幸福的源泉。

走过心的风景，即便是擦肩而过，也会记忆犹新。当我们放下精神的枷锁，用心去看人生路上的每一处美景时，你就会发现，它其实不仅仅是四季如画的感慨，更多的则是生命的根。

夜的宁静就这样被城市的各种喧闹打破了。早安是一个再美好不过的问候，只是没有人去体会它丰富的情感，就像人们忽略空气的存在一样。我是一个细腻的人，所以会伤春伤离别。走进心里的人，不仅仅是占据了那个位置。

　　一直把相遇的情景定格在江南烟雨的镜头里,却不曾想到在纷扰的城市里会遇到所谓的缘。虽然没有上演一份江南回眸里的那种相见恨晚的唯美,倒也满心欢悦。没有太多的对白,也没太多必要的煽情,便成了彼此仅存的依赖。

烟花易冷，谁陪我沧海桑田

繁华落尽，谁陪我落日流年。
烟花易冷，谁陪我沧海桑田。
昙花一现，谁陪我芬芳今生。
花好月圆，谁陪我千里婵娟。

——题记

　　黄昏里，那点点的思念，残存在记忆的瓶中。满满的相思，千年爱恋，沉积在不朽的童话里。抓不住的年华，留不住的岁月，唯有三生石上的夙愿，为今生而等待，渐近渐远。烟雨里，你华丽的转身，留下的便是千行泪，冷冷清清，如梦，心似刀割。

　　春风一缕黄丝线，孤独半世不相见。等过冬，盼到春，不见你的踪影，河两岸的千丝万缕从淡黄到翠绿，也只是一片惘然。飞絮千呼万唤，也不曾见你回来。承诺一语，伊人却寒千年，此情人间能有几回见？风摇之夜，垂泪而卧，天涯，断肠人在思谁？拈一枝桃花，落了谁的地？键盘里，锁了谁的心碎？屏幕上，又留了谁的记忆？不曾去想，却一遍又一遍……

　　冷漠里，孤独在颤抖，轻轻地，放心碎于指尖，把零落的碎片写在流年里。一千零一夜，夜夜黯然神伤。月夜下，为你半开的门原封不动，只有月光偷偷地进来，随之而去。等待一如既往，思念依旧，梦更是天长地久。百年，千年，万年……情知此后无来计，强说欢期。欲哭无泪，欲诉无言，今生竟如此的凄惨，清冷里注定无缘相见，唯有一

· 172 ·

别如斯，落尽梨花月又西！

　　风萧萧，雨萧萧，红泪偷垂灯花尽，空阶滴血到天明；山迢迢，水迢迢，繁华瘦断天涯路，梦里执笺赴谢桥。明月多情应笑我，笑我如今，落魄之间，伤春伤别离。微风过窗，心随去，低头不语，思绪凄迷。山一程，水一程，天涯海角心浮沉。风一更，雪一更，春夏秋冬情最真。猛然之间，便想到：曾经沧海难为水，除却巫山不是云。我只是你停足处微小的一个景点，她则永远是你的倾心。素笔深处，留下一行行千古绝唱。人道海水深，却不抵相思半。凭依高楼，轻抚琴弦，只是人去楼空。月华深浓，翻阅凄凉的曲赋，不禁弦长一时断。

瑶池边的心碎，柔弱了谁的怜惜

寒夜沉寂，瞬间丢掉所有的悲和喜。总喜欢在这样的夜里，痴把瑶琴觅，谁怎知，高山流水，知音难觅。雪落大地，这般的冷清，独坐高楼，梦回阑珊。此景年年胜相似，只是繁华冷落了又一年，痴情空等又一世。

今夜，我捧一枝梦的花蕾，执念烟雨里的遥望，叹息一生一世，如落花流水般匆匆。在这落花般的时日里，回首前尘旧梦，一切若浮萍，而烟雨蒙蒙的道路上，又与谁可相依？

每每云笺题诗，总是不见君归。纵使凝月夜夜垂泪，眉宇时时赋愁，也不知这千般思量到底为了谁？泪滴滴，雨纷纷，此情此景，如梦似幻。故有：痴情飞花似雨，一缕芳香归何处？

清冷如霜的夜，琴声甚凄凉，月华似水伴我诉，一曲相思寄千年。此时心如烟，梦似雾，才知，红颜注定空自许，落寞一世不言愁。

一花一世界，一念一尘缘，误入红尘花似海，错报相思叹流年。素心若雪度红尘，轻笑相思梦最真。听月呢喃，心语心愿，相思赋，离愁情，陌上盼相逢，君知否？

月下一滴相思泪，流落一世为君悲，西楼月下红烛寒，燃尽青丝两鬓白。朱颜昨夜梅花瘦，搁浅今生独自殇。烟花三月一场梦，花坠一地路便魂。谁念旧事独自殇，一枕西风画凄凉。

深叹后，问明月，谁主沉浮？深深恋，浓浓爱，怎奈何只是空欢喜。试问瑶池边的心碎，到底柔弱了谁的怜惜？却不曾有碎片之言。看透世间薄情郎，尽教人，心冷若冰，泪似雨帘。蹉跎岁月，梦幻人生，唯有长长一声叹息作罢！

夜未央,念两茫

　　曾记否,初相识,浅浅遇,深深爱,故一日不见,如隔三秋。怡情于山水美景,得一时清幽。赏桃花于红尘之外,谢绝有意东风,同赏天涯明月。

　　数日之后一切终是寻常,人生若如初见,没有转身,便不会有泪眼相望成行。夜色萧条,无声无言,暗自愁,只剩几许落寞。是恨时光短暂,或怨流年无情,道不尽心中忧伤。依稀间,影如梦,恍惚之间,念如墨,轻染银钩。

　　望玉盘,情深终归何处? 叹人生,执手孤影与斜阳。从此无诗词新赋,唯念枫桥耳边语,只是道尽凄凉,谁断肠? 西风瘦尽,可怜否? 落叶残留,谁惜之? 缕缕青丝秋霜染,谁观之? 既无情,何动心? 罢罢罢,三世之因,前世之果,皆云烟。

　　回眸深处,往事如风,问流年,人生为何会有情? 不语,便自问,答曰:若有生命者,皆难逃情之劫。若怠倦红尘,觅一处世外桃源,静以修身,优哉! 然,不现实也。

　　人生若只如初见,便不会再有那么多埋怨。花谢之际,落叶纷飞,再也不见长堤烟柳绿蒙蒙。疏窗半开,月光悄然而进,更觉几分秋凉,月与思念同床,更是无意增添些许凄凉。睡意全无,随手披衣倚窗而坐。夜太浓,抚琴,曲不成调;作词,词不达意。坐立不安,心不静。

　　和衣而卧,辗转反侧,与周公相隔十万八千里,不觉泪湿枕。茫茫人海,谁为吾解忧? 痛,忍之! 伤,埋之! 将心置于一片死海,似乎不会有痛的感觉；将情放于十八层地狱，仿佛不会有伤的痕迹。

夜太长，人生路更长。佛说：红尘不苦人自苦。佛又说：镜花水月一场空，回眸一笑已朦胧。我静静地闭上双眼，努力地忘却那些不悦的记忆。

一切从简

"燕子,我想和你商量个事情。"

"什么事,你说吧。"

"我们的婚礼能不能不办了?"

"可以呀,反正也只是个泼烦人的形式,不办就不办吧。"

"那我们的婚纱照能不能也省略了?"

"什么?"

……

这是发生在我身边的一个真实的事情。作为旁观者的我,真想抽那个男人几个耳光,同时我很想给燕子一个拥抱。我描述不出她当时的心情,只是后来听说他们分手了,我为燕子暗暗庆幸,她做得对。一个婚礼都给不起的男人,一套婚纱照都拍不起的男人,怎么能为一个家撑起一片蓝天?

前不久又遇到燕子,她说她现在对相亲都有恐惧感了,更不要提谈婚论嫁了。她说经历了这一路的相亲,她终于明白,所谓的剩男、剩女绝对都是有问题的,好的确实已经没了。

不知从什么时候开始,字典中悄悄地多了"剩男、剩女"这些词。电视上、网络上、报纸上,铺天盖地的征婚相亲节目,这无形中给燕子心里增加了一层负担。就算有铺天盖地的征婚相亲节目,燕子也不想在这个时尚圈里走一趟。谁不想在最美的年华里遇到意中人,只是婚姻和缘分这个事,有时候真的不好说。不是她不优秀,也不是她太挑剔,反正就是遇不到感觉对的人。说起那个男人,燕子其实也不爱他,只是不讨厌而已。在周围亲戚们的劝告声中,燕子决定去见其家长。没想到的是,自己非但没有像别的女孩一样成为幸福的公主,反而得到的是,一切从简,简单到什么都可以忽略,简单到让自己的家人感觉到心酸。他不是个优秀的男人,也不是一个会疼女人的男人,说白了就是用一张嘴四处骗女人的花花公子。

　　社会是复杂的,人心是复杂的,所以出嫁这件事绝对不能从简。嫁错了,一辈子就埋葬了;嫁对了,即便婚姻是坟墓,那也是幸福甜蜜的。燕子现在的心态很好,我也很为她高兴。我期待某年某月某日,燕子穿上洁白的婚纱,同她心中的白马王子,走进婚姻的殿堂!

有一种回忆叫刺心

人心间有没有一种解药，
能覆盖是非恩仇的喧嚣，
屠停了焚寂的剑鞘，
斩不断这一生的桀骜，
往后是阴霾，
往前是山隘，
想逃也逃不开，
命运再主宰，
执着的心也不会更改。

——题记

喜欢这首《剑心》，不是因为追星，也不是因为追剧，是因为喜欢它对于人生的诠释。是是非非，恩爱情仇，总是和我们形影不离。活着，不管是酸甜苦辣，你都必须无条件地去接受，这就是宿命。

一边凝视雪的飞舞，一边聆听人生的世态炎凉，偏偏嗅不到梅花的芳香。试图将这悲凉的人心模糊掉，谁知愈加清晰，回首过来路，穿过心的那一针，刺得着实有些狠。社会生活确实能给你许多成长的经验，只有自己经历了，才会深深地体会到人心险恶到什么程度。

总埋怨这个冬天太不地道，没有雪花，没有寒冷，岂料这几天天气骤变，冷得让人有些措手不及，寒得让人有些不知所措。呼吸着寒气，感受着冬的特别，虽然嘴上说太冷，却还是深深地喜欢。也许生活也是这样的节奏,期盼的总是泡影,不该来的一直存在。如果有一天,所有的等待就像这突如其来的寒冷一样,我想我也会被冻得失去知觉,不过一定会深深地喜欢!可是当冬天即将离去的时候,却有些心酸的不舍,不为别的,就因为它能读懂我的心。似乎又在十字路口徘徊,一片迷茫!一种胸闷感愈来愈强烈。

期待杨柳扶风、柳絮飞舞的季节。思念的长线绕了千千万,透过流年,似乎看见了春暖花开的情景,却终觉得是南柯一梦。谁是谁的谁?我又会是谁的谁?双眸里,填满了落寞,不曾看到晴空万里。也许那个等待中的影子,最终会灰飞烟灭,只是你不愿去承认。

总觉得,对人和事,只要我用心了,就会得到期望和回报,谁知,我的天真和幼稚没有人来埋单,只有沉痛的代价。渐渐地明白了许多曾经百思不得其解的问题,才懂得了那句"我不是人民币,做不到人人爱"。也罢,人这一辈子有一两个知音足矣,何必为了不属于自己生命中的人而黯然伤心呢?越来越喜欢当一名默默的观众,看着这个大戏台上的每个角色,不喜不悲,积累这些金钱买不到的财富。等有一天,把这些故事讲给那些热爱文字的人,告诉他们,这就是人生。一本很有意义的书,读完了,人生也就结束了,前提是我必须好好地活着把这台戏看完。于是我把这种回忆叫,刺心!

又见槐花香

乘车去曹石村,行至山梁,隔窗看窗外,路两旁盛开的槐花,有白的、紫的,淡雅而不失清秀,展示着绚丽,释放着芬芳。唉! 又是一年槐花香。

央求司机停车,打开车门,一头钻进林中的小路,仿佛在花海中遨游。朵朵槐花压弯枝头,花香飘逸,沁人心肺,在春的空间,花的海洋里,伴有蜜蜂欢快的叫声和忙碌的身影。至美的诗情,令人陶醉的画意,打开了我记忆的匣子,孩提时的情景出现在眼前。

老家的村子旁边也有一片槐林,每当槐花飘香的时候,结几个小伙伴,提上篮子拿着带钩的竹竿去钩摘串串槐花,然后大口大口地吮吸着它的香甜。饱口福后,再把篮子装满提回家。母亲把槐花洗净,在槐花上撒上玉米面,搅拌均匀,使槐花上都沾满玉米粉,然后上锅蒸熟,这便成了我们第二天早上上学时候的干粮。那时候只知道槐花味道的香甜和槐花林里的欢乐,槐花是一年又一年的期盼。随着童年的逝去,我离开了村子,但是槐花的甜美却在童年的记忆里打上了深深的烙印……

此刻漫步在曹石的槐花小道,心境却和童年大不一样。虽然串串槐花触手可及,甜香诱人,但我已无童年时大把大把往嘴里填塞的欲望和心思,而更愿细细凝视着一串串结实而又洁白的槐花。它白得纯洁,昭示着一种没有艳丽的美。微风里飘荡着浓烈的清香,我嗅出了它灵魂的纯洁,读懂了蜂蝶为何在花间飞舞,鸟儿为何在枝头歌唱。槐花的美是淳朴的,槐花的甜是温馨的,这大概是我从骨子里迷恋槐花的原因吧。

　　在槐花树下席地而坐,呼吸着槐花的甜蜜,欣赏着蜜蜂的匆匆,思绪不由自主地回到有着童年印迹的那片槐林,回味起妈妈做的槐花干粮的味道。

雨　夜

少年听雨歌楼上,红烛昏罗帐。壮年听雨客舟中,江阔云低、断雁叫西风。

而今听雨僧庐下,鬓已星星也。悲欢离合总无情,一任阶前、点滴到天明。

——题记

雨夜,一个只能听见雨声,看不清雨的黑夜,嗅到的是伤心味。在这个充满伤感的空间里,有些落寞,沏一杯茶,用一生的泪去品茗……

心境不同,听到的雨声变化出的声调也不同。此刻的雨已不是雨,而是人间流不尽的泪。抬眼凝望,不见曾经的楼台,也不见曾经的僧庐,只有这无边的烟雨,和着湿漉漉的钟声,冥冥袅袅,久久不散。

因为爱雨,所以会用心去读她,读她眼角眉梢间隐藏的恨,体会"曾经沧海难为水,除却巫山不是云"中的执念。因为懂雨,所以想和她融为一体,缠缠绵绵,凄凄恻恻,敲打出这唐诗宋词和《红楼梦》里无边无尽的红尘泪。

不宁静的心主宰着孤独的灵魂,随着雨一起游走于大地的每个角落,像是要做一位天使,收尽天下所有的悲伤,留给人们的全是快乐。疲惫的时候,不想去倾诉;委屈的时候,不想去计较。静静地,聆听雨的诉说,把所有的不快全让雨带走,融入大海,流向天涯海角。

缘起缘灭，终究为空

人生匆匆，转瞬即逝，花开花落随风去，缘起缘灭终为空。

——题记

我想把自己停留在某个时间里，想念一段时光给我留下的清凉；我想把自己置放在某一个角落里，想念一个站点给我带来的难忘。记忆就像指缝间的水，不管你用什么方法去留住它，最终它依然会很决绝地溜走。淋过雨的空气，在清新的背后更多的则是疲惫，就如同我脆弱的灵魂，在经历一次次的打击之后，便在悄无声息中腐朽。热乎乎的风吹过我长发的瞬间，也吹起我如花般而又破碎的流年。对于你的记忆，模模糊糊，成为我生命中最美的点缀，在这炎热的夏季最终浓缩为一股清泉，流进我的心田。走在被太阳晒得发烫的街道上，突然有一种被太阳戏弄的感觉，半小时前还是瓢泼大雨，此刻又晒得满头是汗。生活就是这样的多愁善变，你没有办法去改变，只能硬着头皮去适应岁月的惨淡。

缘起缘灭，终究为空。有时候萍水相逢，却能给予我们太多意想不到的感动。而长相厮守却会留下太多的伤害。杨柳纤垂，飞絮飘飘，聚散离合只是人生微不足道的一种伤感。留恋处，兰舟催发，明月西坠，相望于影帆云外，远眺于柳岸河边。

多情自古伤离别，更那堪冷落清秋节！此情无可追忆，只能举杯邀月，共醉一回。画一幅相思之情，写一篇离情之苦，弹一曲物是人非，道一声人去楼空，凭栏相望，只留断肠人在天涯。夕阳无限好，只是近黄昏。红尘里的千丝万缕最终成为一段佳话。

　　道一声珍重：你若安好，便是幸福。

月落，断肠

　　心愁，总是在夜深人静的时候把心门堵住，不远不近，就在你看不见也摸不着，却能感觉到的地方。手心里还捏着死去的昨天，明天在几个小时之后便会到来。落日前的那些不舍，最终被黑夜吞噬，幽怨的灵魂也被这漆黑缠绕。天苍地茫心最凉。西风惊起落叶满天飞，像是把心事一起提起来，再撒落一地，伤感便从此刻凋零，没有谁能阻挡，也没有人愿意去拾取，任它飘，最终与泥土一起沉淀、死去。

　　笛声总是来得很及时，为这个夜狠狠地再添上一笔忧伤。清冷里，除了月光和影子，再没有一物来陪伴。没有相见谈何离别，总是徒增烦恼和伤悲，到头来，满心愁绪，好景无人共，此景更是无人同，叹息，泪水向东流，心恋残红。谁可以把心事一览无余地晒出来，发霉的气息永远只有自己嗅得到。当所有的人情被金钱垄断后，每个人似乎都是整过容的超颜值。看不惯赤裸裸的权钱交易又能怎么样？成功的路上有多少心酸不必去分享，一阵东风桃花吹尽，前方依然未知，除了努力，别无选择。

　　魂断，大千世界何处去，漂泊几载自留恨。梦醒了，梦碎了，头顶月色迷蒙，任夜色笼罩一切，心如死灰，念念不忘初心，流落在尘世，如同一粒尘埃，似有若无地存在着。悲哀的是还抱着一颗天使的心，想拯救人类，最终被现实打入万丈深渊。感慨万千之时，泪眼盈盈，秋风抚过，回头便是深秋之夜。满纸的凄凉，奈何月落又断肠，在今夜！

云水禅心，静听莲音

佛曰：所谓看开人生，绝不是悲观，而是积极乐观；不是看破，而是看透；并非什么都不做，而是及时去做。

佛又曰：人生只有三天，活在昨天的迷惑，活在明天的等待，只有活在今天最踏实。今天便是每分钟，如全做好，人生就美妙。

青春懵懂的少年，自是不喜欢这些语句，也不曾去理会其中的道理。而立之年的我，不知是经历了太多别人不曾经历的事，还是懂得了同龄人不曾懂得的道理，不知不觉中，喜欢上了这些禅语。每天闲暇之余，便会拿出一本佛经，看上几句，望着窗外，呆呆地坐上一阵子。也没有去想书中的每一句话，也没有去联想生活中的苦与乐，只是很单纯地想静一静。

时光如沙，在指尖下缓缓流淌，不再会滴墨成伤。做一个风景里的旁观者，不染花事，不惹情愁，拈一阕清欢，在一朵花里透彻世事；怀一片莲心，在一池水中悟出菩提。待尘心落定，我在时光里等待，你依约而来，许我一生明媚。

莲，不媚不妖，嫣然而生，亭亭玉立，惊艳于世。莲之美，世人惊叹；莲之洁，世人称赞；莲之雅，世人描绘；莲之心，世人谁懂？为此，便静静地听莲的心声，品莲的优雅。

灯火之夜，已觉得窗外悄然，不去诉离殇，也不去泪满窗。月上柳梢之时，我亦没有垂泪，反而少了白天炎热带来的烦躁，多了一份对夏夜的爱怜之情。我时常问上苍，天下什么最冷漠，却听到了无数个异口同声地回答："人心。"渐渐地看清了许多，也放下了好多。原来每个人都属于自己的生活频道，不在同一频道的，没有必要去收听。珍惜值得去珍惜的人，在乎值得去在乎的人。这么一想，之前那些悲情荡然无存，这个夜又充满了诗情画意，人生又多了一份坦然。

人生犹如一座城，有人出去，有人进来。天有不测风云，人有旦夕祸福，珍惜生命里的每一天，珍惜生活里的每一位有缘人。岁月可以让我们老去，但是不可以让我们薄情寡义。试着用一颗爱心看世界，你会得到意想不到的回报。失去的同时也在得到，所以我愿意相信缘。来往之路人甲乙，有缘成为知己，无缘一笑擦肩。

我曾在一篇文章里写过，我不是佛，所以我度不了众生，但我绝对可以净化自己的心灵：少一点欲望，多一份满足；少一点仇恨，多一分宽容。一切都会静水如流，一切都会尘埃落定，一切都会月白风清。听一曲佛音，品一杯清茶，行走于书香的园林里，这是一种脱俗的境界。行到水穷处，坐看云起时，名利也就淡了，纷争也就不计较了，贪念也就舍弃了，这何尝不是人生的一种境界？

择一城终老,遇一人白首

不是每一个人在蓦然回首时,都有机会看到灯火阑珊处等待着的那一个人。我们应该感恩人海中的那一回眸。

我始终不明白为何要踏破红尘,经历百转千回。直到在芸芸众生中遇见你,我才恍然大悟,原来我所走的路,都是为了成全我们的缘。在红尘喧嚣里,在美丽成落花,眷恋化成云烟,青春变暮年的时候,我们依然静守红袖添香的光阴,这便是我的许诺。

爱注定是一场修行,我必须在菩提树下焚香。若真的如佛所说,五百年的浮屠再加上五百年的追寻,才会于落英缤纷时相遇。那么就别纠结他是不是你的曾经,也别管他会不会陪你勾勒红尘流沙的剪影。你只需记取,这边是一颦一顾的感动,那边是一癫一痴的多情,如此,就是佛许给你最慈悲安稳的一生。就像,你终于知道,所有的尘缘都是前世今生的再续。

流年的卷首,记载了很多难以割舍的情怀。缘分给予了我们相逢,岁月让我们历经了夏花绚烂和秋景静美,懂得了这是一种生命沉淀的美丽。越繁华的东西,就越接近凋零。经历了岁月的长河,终于领悟到情深似海;走过流年的长城,不再是做梦的花季。轻握一份懂得与珍惜,一路微笑,一路牵手,在旅程里,在时光的陪伴中看夕阳的无限好。

笔尖书写着属于我们的地老天荒。潮来潮去,花开花落。不言情愁,不诉离殇,一生一世便成就一份倾城之恋。今生,我只择一城终老,遇一人白首。

致 朋 友

那凝视心扉的泪眼到现在才明白只是无言的沉默！有时觉得自己是一个跋涉者，常迷失在山峰般的人生旅途中。可是想想为什么不向上爬呢？等你到了山顶，看到的也许会和山中不一样。有时当我体会到生命的旅程是漫长的，所遭遇到的忧伤很多不可避免的时候，我需要一种强大的力量来支持我的信心。

当我担心着走在冰冻的路面一不留神会摔倒时，我又退缩了，我开始对前途感到沉重和忧虑：生命的道路太难走！我的力量是那样的微不足道！当忧伤最深的时候，努力是没有限度的，是命运让我们赶上难就业的时机，还是人生在考验我们的承受指数？因此我们在这样的命运里不能为细小的忧烦而流泪号哭，这样不会吸引到慈善的目光。我们要学会在这寒冷的冬天里用自己的右手去温暖左手，并且让生活的残酷激起我们生命里的潜能，勇敢地面对现实，改变现状。不做命运的奴隶，要和命运抗争。

说苦中有乐，不是一种空洞的似是而非的议论，反过来说，在娱乐中有缺憾也是实在的。人的一生是不断承受痛苦的一生，痛苦与生命的关系如影随形。积累二十几年的人生经验，感到一劳永逸、根除痛苦的灵丹妙药是没有的，只有缓解痛苦的江湖偏方。也许是因为在缓解痛苦的过程中，没有统一的治病药草，所以人们就会有着不同的生存状态和承受痛苦的能力，人生的轨迹也就各自不同，于是形成了网一样的世界。当命运的指标给予我们许多疑问和彷徨时，我们要坦然地接受面对，相信过了这个十字路口或许会是幸福的港湾。努力加油，我的朋友们！

仲夏夜

没有蓝天，没有白云，被灰蒙蒙的天闷了一整天。一遍又一遍地翻阅着手机上的天气预报，显示多云转雷阵雨，可是依旧让人在整天桑拿般的淋漓里失望。食欲全无，只想找一块地方能让全身的汗不要再往出冒。朋友说，去渭河边，水边晚上会凉些。于是拿了本子，拿了笔，漫步于渭河堤上。

沿途的阵阵凉风迎面而来，心情倍爽。我似乎要拼命地去留住这一丝的凉意，把它装进我的衣兜，随身携带。

沉重的乌云没有遮住太阳，傍晚最后一丝余晖映红了半边天，镶嵌在西边的天际里。于是我想到中学时曾经学过的一篇文章《火烧云》，作者描述的大概就是此时的情景吧。只是作者富于想象的思维让我敬佩，而我提笔总是那样的干涸，想表达却总感到语言的匮乏。

坐在河堤，展开笔纸。散步的人从我的身边经过，不少人都会看我一眼，我依旧做不一样的纳凉者，记录着我的点滴，任他们去猜测我在写什么，没多关注他们的目光。总觉得自己是一个富于想象的人，为此我总会把别人对自己的想法揣测千百遍，到最后，其实也有可能全不正确。

尽管渭河的人工湖因为里面养了太多的鱼而有一股鱼腥气，但是我喜欢它给人们带来的凉爽，所以就忽略了它的味道。凉爽的气息里夹杂着鱼腥味，尽管这样，我没有一点嫌弃，因为我明白任何事物都有得有失的道理。

远处桥上的彩灯，马路上的路灯，都已经亮了。要不是戴着眼镜，来来往往的人从我眼前经过,我也看不清谁胖谁瘦,谁美谁帅。其实最多的是大妈大叔,年轻人大多数开始了他们的夜生活,一瓶啤酒,一曲高歌,便是他们的全部。这样的夜晚,很适合举杯邀明月,对影成三人。只是我看着圆月,心里没有半点的惆怅。今天是农历六月十六,月圆让我心里满满的,所以,一个人的身影也并不是文人笔下的那种落寞加孤单。

　　人们陆陆续续地开始往回走了,这会儿风比刚来的时候强了些,我的长裙随风飘扬,像电影里面的慢动作,胳膊突然觉得有些凉意。路灯下的我,或许在路人的眼里有些犯神经,可是我很喜欢夜风里的这种感觉。忘记了今天一天桑拿般的生活,忘记了一切平日里忘不了的人和事,面朝渭河,清凉舒心。

周　末

　　好不容易在三伏天的高温中度过了一周,迎来了周末,和朋友相约,去山里纳凉。城里被水泥框填满的地方,让人真心对这个季节有些厌恶。我似乎听见到处都是水泥被晒得吱吱作响的声音,所以不但心情是烦躁的,心里面也窝了一团火。一想到马上要去心旷神怡的大山里,甭提有多兴奋。

　　一片绿林,还有林边的清澈流水吸引了我们一帮人。我告诉他们,我不喜欢打牌,你们玩你们的,我要在大自然的怀抱里享受这难得的清凉,寻找我的灵感。他们知道我最近在忙着筹划散文集,所以也就不多说什么,任由我去。

　　坐在一方偌大的石头上,旁边是涓涓流水声,头顶茂密的树自然形成一把遮阳伞,时不时还会有几片发黄的叶子飘落下来,落在我的身上又滑落下来。如梦醒,原来已经是夏末了,再过几天就是秋天了。

　　时间的快,不仅仅我一个人在感叹,我相信每个想挽留它的人都如此感叹过。一转眼,人生的几十个春秋都留给了回忆,抓住的不是任何年龄的尾巴,而是走向坟墓的那条绳索。过一天,离最终的目的地便近一天。

　　我是一个爱想象的人,所以我的情感总觉得比任何人都饱满。我是一个充满幻想的人,所以我的灵感比别人多一点儿。但这些绝对不是泛滥,同样我也是一个很现实的人,我绝对不把自己的那些想象和幻想强加于现实生活中。我又是一个理智大于情感的人,我不允许自己面对许多事情感情用事。

拿着笔记本，就这样在大自然赐予的灵感里游走，周围的一切和我无关，我只想把自己最真实的感受记录下来。等白发苍苍的时候，还有些年轻时候的记忆，这样就已经足够了。

面对流水，我会想很多；面对落叶，我亦会感叹很多。这其实不是朋友口中的多愁善感，我把它们最终归结为善于观察生活，是我心理细腻的表现形式。这样的解释或许有些自欺欺人，但我觉得这是一种难得的自信，因为良好的心态是成功的催化剂。

曾经的我一度以写悲情文字为主，以至于我周围的人说我心理有些不阳光，现在我依然钟爱于那些文字，我不会因为别人的一面之词就把它们抛弃。只不过，我会把自己的情绪控制得恰到好处，在文字里，我伤心欲绝，在生活里，我依旧阳光灿烂。

其实人生往往如此，你的生活总是喜忧并存，就像夏天的炎热，一点也不意外。大自然总会给你意想不到的灾难，我们躲也躲不过，也许只有经历了这些大旱，才会懂得雨的珍贵，懂得生活是何等的来之不易。

抓一把残月，画一缕凄凉

风起雨滴的夜里，伊人的泪如同雨水漫天散花，孤灯相伴无处诉愁肠，往事随波去，留下只是一圈又一圈的波纹，不堪回首。磐石无转移，蒲苇韧如丝，这样的山盟海誓只不过是昙花一现，带来的则是剪不断理还乱的痛。入了相思门，才知相思沉；中了相思毒，才明相思是祸是福；千万种理由，道不清相思的忧愁。爱恨两茫茫，不思量，自难忘。

言无情，道薄幸，灯火阑珊处，蓦然回首，原来一切只是一场离愁别恨。荒芜的心田里，昙花留下的脚步早已惨淡得无影无踪。岁月如梭，光阴似箭，就让往事都随风，不必伤感，不必牵挂。人生的有些斑斓只不过是一丝点缀。

一段情输给了时间和距离，曾经"山无棱，天地合，乃敢与君绝"的誓言就会显得苍白无力。曾经沧海难为水，除却巫山不是云。其残酷是不言而喻的，爱情只是冰山一角，不堪一击。鹊桥相见是一种凄美，也是一种幸福。一秒钟的分别，带来一辈子的落寞；一千个伤心的理由，有九百九十九个是很心酸的无奈。

我只能抓一把残月，画一缕凄凉。人生没有暂停，只能被命运遥控而行。

记忆碎片

一、僧

看过一部有关西藏僧人的纪录片,应该比较真实客观。僧人的名字我没有记得,心中很是抱歉。只是记得他的大体生活状况。

多数的时间里,他在寺院与同寺的僧人一起礼佛,研究佛经,辩经。看似与其他地方的僧人没什么不同。不过他拥有另一段时间,这段时间是与家人一起度过的。印象中僧人入了山门,便断绝了一切尘缘,在青灯佛经、晨钟暮鼓声中一天天度过。这位未曾割舍家人的僧人让我有些不知所措,他就像外出求学的学子,寺院、家只是求学路的两头,到了既定的日子,就去往该去的地方。家里有为他准备的佛堂,佛像、佛器、贡品一样不缺。这样,他在家里依然可以完成他的课业。片中的僧人有个小外甥,在读小学。记者问起他的时候,他说他不会去做僧人,但是可以看出来他对这位舅舅相当尊敬与爱护。

看到这位僧人,有了些莫名的想法。世间应该没有佛陀,有的只是僧人。僧人以佛面示人,以人心见佛性,以佛性明己性。不去想成佛。修得无量心,开得大智慧,洞悉世间法,了悟诸般缘。

二、陌生人

点开邮箱查看邮件时,看见了漂流瓶的字眼,就想起了以前捞过的一个瓶子,颇有意思。对方说想杀人,乍看之下就乐了,这还有比我更无聊的人。顺手回一句:可以安息了,你已经杀了我了! 没承想对方回话说谢谢。一来二去地就聊了起来。从话语中隐隐觉察出对方有心事。当时只是觉着以"神棍"的姿态来面对不知底细的陌生人，应该会很有趣。好奇心大起，就起了探究的心思。原来是跟家里人（我猜是他父亲）有了矛盾，依他的意思是无可挽回了。后来他说回不去了，挽回不了了！碎碎念念地，一直纠结于自己的过错，却又无可弥补。最后他表示自己应该放下了。

整个过程中，他的话语都充满了懊恼、悔恨，想放又放不下。铭刻于心底，无法忘记，无法释怀。莫不是阴阳相隔？

本着外人的心思去看他人的人生经历，却抑郁了我。

抑或对方的剧本让我入了局？

三、空白

有人喜欢用相机、DV 去记录自己的生活、旅程，随时随地拍下人、物、景，一段时光就此截留。不知是否有时间、有机会、有心思去——翻看？

抓不住，拦不了的是光阴。生与死的路段上大大小小、深深浅浅的是生活的历程。这里面有不愿提及的，也有一遍又一遍回想的，更多的是被遗忘的。

很难得一个人坐在房间里，想着喝杯茶水，茶叶在这里，水在那里，却缺了一个泡茶的人。翻卷的茶叶片，起起伏伏。一泡茶，一点岁月，那人在用心生活，寻找着幸福。就这么迷迷糊糊睡了过去，醒来只有时光划过指尖所留下的震颤。从迟滞中回过神来，变得焦躁，不安与怅惘席卷了全身，涌上眉间心头，人呐！双手伸开，攥紧，除却手心的刺痛，别无他物，岁月啊！

窗口传来了喧嚣声，那是这个繁华、忙碌的世界！

夏游天水丝绸之路旅游文化产业园

天水丝绸之路旅游文化产业园坐落于麦积山风景名胜区中心,四周与仙人崖、净土寺、和谐园、观景台比邻,是人们旅游、度假养生、休闲娱乐、商务接待、文化交流、研究收藏的文化体验胜地。

今年的夏天,骄阳似火,高温不降,土地像蒸笼一样。瓦蓝瓦蓝的天空下,人们闷热得发了狂,实在按捺不住火球炙烤的城市,纷纷向麦积山景区蜂拥,寻求释放燥火的凉地。周末我应朋友之约,乘坐着打开窗户飞速奔跑的私家小汽车,借车吹来的热风,兴奋的吼笑声夹杂着蝉声,远远可见郁郁葱葱的南山秀色。

柏油马路两旁村庄的绿荫下,大人穿着背心短裤,谈笑自乐,不断地擦着汗;幼儿赤身裸体光溜溜的像个小泥鳅,嬉戏在大人乘凉的身旁,稚嫩的笑声传出了童真妙趣。狗卧在树下,伸出长舌"嘘嘘"喘气,不论小孩子如何戏耍也爱理不理。路边的行人,虽戴着草帽,却晒得满脸通红,汗湿透了背心,隐约听到半句"这该死的天气……"田里成熟的小麦,弯下了头,一人多高的玉米卷起了叶子,蔫不叽叽!

回味着路上所遇的景观,一会儿工夫已进入了林区,渐渐地有点儿凉。山上的树木安静,半坡上绚丽多彩,山花烂漫,红的,紫的,粉的,白的,黄的,编织成了一块花地毯。小鸟不知道躲匿到啥地方去了,林里烈日下的整个中午只听到干叫的蝉声。远眺山洼,火球照烧的绿林泛起了微微热雾,在眼前扑闪扑闪,犹似戴着老花镜,忽高忽低,似绿水泛波,又好似随风翻浪……不知该如何描述才能让人感受到眼前翻翻泛波流淌的绿。

　　转了一弯又一弯，小溪潺潺，蝉声不止。穿越茂密的林隙，来到了古丝绸之路上诞生的传统文明与现代文化相结合的"天水丝绸之路旅游文化产业园"。我们几个朋友停好车，穿过林荫小道，又一次走进了园区。

　　仿古建筑的大门，雄伟而又庄严。门楣上现代书法家欧阳中石先生清新高雅、沉着端庄、俊朗而又飘逸、古朴而又华美的题字，给刚入园的游人留下了美妙遐思，给整个园区增添了无限的古文化和现代文明相结合的气韵。对于热爱书法的我来说，赏之如高山流水，倾听似万马奔腾，先生书法精深的造诣，显现出他无日不临池的深厚功夫，其精神盖通于山水之间，响彻于天地灵空。先生务实钻研，严谨治学，挖掘传统文化之精髓的独特书家风韵，让我敬仰。其激情奔流，鼓舞着我向前迈进！

　　沿着园中曲曲折折的幽径，嗅着扑鼻而来的泥土气味，闻着飘来的满园花香，燥热随即散去。我们踏上了复古长廊，进了皇家宅院，这里便是中国教育电视台《艺术中国》栏目的拍摄基地。爱遐思的我，着上唐古装，贵妃轻步，赏花悦目，尔雅富贵的体态，与心爱皇帝郎君相伴相拥于情爱欢乐，如痴如醉！一组组写真的镜头，在朋友的催促声里烟消云散，但那份情真至美的多思维精神享受，我相信会留给每位游人。漫步于淋漓尽致的山中文化园，色彩亲润下的一点一滴，思绪连绵不断……水池群鱼排队游戏，不知是谁撒了几粒面包渣，扰乱了队列训练，鱼儿争先恐后地袭来，犹如群龙戏珠，恰似帅哥们争抢绣球……这情景带我续接上了游园之美景。镜头一转，我靠在鱼池边上，孤身的妃子紧锁愁眉，撒食迷恋于池中戏鱼。思恋的皇帝哥哥忽然出现在眼前，开心如意的一声"爱妃"回荡在整个林间，情不自禁地美意涌上了我的脸庞，静神微笑。身边的朋友取笑："又思念你的如意郎君了吧？"我追赶着朋友，跑进了甘肃丝绸之路书画院。展厅进门迎面的一幅中国画《麦积烟雨》，是清华大学艺术系学生在此写生合作完成的。优美的画面中，烟云遮掩了一半麦积山体，透纱看去，犹如半遮琵琶半遮面，带我走进了雨天登麦积山的幻象。《石门夜月》《仙人送灯》《净土松涛》《南郭松柏》等一幅幅国画和书法作品，写尽了人间天堂，游尽了天水无限风光。我步入了艺术的殿堂，向往着美术学院。带着美丽的中国梦想，观赏了清华大学写生基地，参观了清华大学吴强工作室，饱览了甘肃丝绸之路国学馆和海峡两岸文化交流"新丝路"文化创作研究院。在蝉声的呼唤中，在这清凉舒适、宜于陶冶情操的美景里，我不断地回想着海峡两岸领导人会面握手、欢颜和平的场景。

走上小石桥，深深地吸了一口气，神清气爽。下桥蹲在溪边习惯地洗了把脸，看着离桥不远的石墙，闷热烦躁再也不见。欣喜之余转过山嘴，迎面碰上了园区总经理王叔叔，他笑着问长问短，一声"转累了来喝茶"的招呼声和远去的背影，把我带到了认识王叔叔的四年前的情景。那也是一个夏天的中午，烈日炎炎，我独自坐在小溪边看小说，不知不觉间，只听一声响雷落地，豆大的雨点砸了下来。我慌乱之中跑进了园区施工现场，碰见了王叔叔，他把我拉着跑进了帐篷，与工人们一道避雨。雨越来越大，山水越来越多，眼睁睁地看着刚砌成的石墙被大水冲垮，王叔叔对我说完"好好避雨，哪儿都不要去"，便冒着大雨冲了出去。几个工人叔叔都跟了上去，想着各种办法保护着石墙。他们浑身被雨浇透了，泥沾到了身上、脸上。雨停了，石墙保住了，工人们没有担忧了，微笑着站在石墙边，静静地等候水落。我再不敢打扰他们，记着这场面悄悄地离开了。太阳出来了，我捧着雨后的阳光行走在林间小道，享受着雨后大自然的芬芳。这朵奇葩在四年后的今天终于开花了。我每来景区文化旅游产业园，都要看望王叔叔，送上他喜欢喝的安溪铁观音，在王叔叔休息时刻陪着喝上一杯茶，听着他和颜悦色的唠叨，心中才会有几分安慰。

游完园区，和朋友们一起来到了王叔叔的办公室，我把这次带来的一小罐安溪铁观音递到王叔叔面前时，王叔叔和颜悦色地说："谢谢你啊，每次都记着我。"憨厚的声音让我多么安逸！他又接着说："天太热不要在外面待着，我这房子凉，是天然的茶馆，你们自己泡茶歇着。燕燕照顾好你的朋友，我忙去了。"我和朋友坐在这茶楼，觉得既高雅又安静。没有想到这茶楼别有一番情趣,和城里的茶楼比,虽无法用雅俗二字来形容,却是"品茗参大道,细语悟人生"。此时此刻,我才真正体会了"野泉烟火白云间,坐饮香茶爱此山。岩下维舟不忍去,清溪流水暮潺潺""簇簇新英摘露光,小江园里火煎尝""鹿门病客不归去,酒渴更知春味长"。

夕阳西下,辞别王叔叔,留恋着环山抱水,品尝着自然人文,怀着无比的兴奋,聆听着山外之音,回到了城里的单身宿舍。月光依旧照在窗前,隔窗望月,眼前不断闪现着古丝绸之路上茫茫林海中那颗璀璨的明珠——天水丝绸之路旅游文化产业园。期待再游。

那年，那人，那事

那一年，我刚上小学一年级，扎着两个小辫子。记得那一天，春花烂漫，阳光明媚，全村的人都忙活着给黑娃迎娶媳妇。

黑娃那一年三十五岁，中等个子，黝黑的脸，不胖不瘦，看起来身体很结实。他是家里最小的，排行老五。三岁时他娘没了，他爹一个人拉扯大了五个儿子。他们家是出了名的光棍家，由于家里穷，脏得一塌糊涂，他爸托付了好多亲戚朋友为儿子说亲，却没有人愿意把姑娘嫁给他们家。渐渐地，他爸就放弃了给儿子们娶媳妇的念头。黑娃爸总爱说一句："我们父子命薄，守不住女人。"

直到有一天，一个外乡的女人上门给黑娃提亲来了，黑娃爸高兴得合不拢嘴，一锅接一锅地抽着旱烟。黑娃在他家院子里跳来跳去，喊着说："我就有媳妇了，我就有媳妇了。"

在庄里人的祝福声里，在我们好奇的不懂娶媳妇却蹦蹦跳跳地拍手叫好、为黑娃要娶媳妇而高兴的朦朦胧胧中，终于等来了黑娃娶新媳妇的日子。

这天我没有去上学，专门等着看给黑娃娶媳妇。在鞭炮声里，唢呐声中，一个穿着红花上衣、蓝裤子、红鞋子，顶着红盖头的女人，骑在黑娃牵着的那头黑驴背上。黑娃穿着蓝汗衫、蓝裤子，小平头，胸前挂着个大红花，很精神，很帅气。到了大门口，黑娃背着他媳妇，进了热热闹闹的院子，在人们的欢闹声中，走进了那间门上贴着大红喜字、窗子上糊着一张红纸的土房。

黑娃办喜事做的四盘子酒席，是庄里人凑起来的。在总管的吆喝声里,庄里人自做自吃,喝酒划拳,场面很热闹。我们小孩子很好奇,只顾着看新媳妇,却被大人堵在了新房门外。母亲拉住我,告诉我说明天才能看,今天看不上。我好奇地跟着母亲吃席去了。大人们边吃边聊,我听大人们说这个新媳妇是结过婚的人,但没有生过娃……

　　全村人都忙活了一天,终于等到下午天黑之前看黑娃和新媳妇拜天地的场面了。黑娃在院子里举行拜堂成亲的婚礼仪式。摆上桌子,在桌子上摆放着一个大方斗,方斗里有好多核桃枣儿,还有两个大白面馍馍,镜子、木梳子都用红头绳绑着,其他的我记不清楚了。在人群里,我们小孩子个子小,蹿得快,站在最前面。新媳妇盖着盖头遮着头和脸,高高的个头,我蹲下想看新媳妇的脸,却看不着,我当时脑海里只有一个感叹,她肯定很心疼啊! 在大总管的吆喝声里,黑娃站在桌前面对上房烧了三炷香,黑娃和他新媳妇跪在铺好的那条新红被面上,拜天拜地拜高堂,夫妻对拜,完后黑娃用一条红布拉着他新媳妇在鞭炮声里进了洞房。到闹洞房的时候,院里所有的大人不让我们小孩子进去,说是少儿不宜。当时我们并不明白为什么会是少儿不宜,还嘴里嘟嘟囔囔地骂不让我们进去的人呢! 气呼呼地回到了家,母亲说闹洞房是男人的事,他们是怕人多踩踏着你们。黑娃的洞房咋闹的我到现在都不知道。在母亲给黑娃一家和新媳妇祝福的念叨声里,我睡着了。

　　第二天中午放学,我经过黑娃家的门口时,专门跑进去看了黑娃的新媳妇。新媳妇向我笑了,给我一个核桃和枣儿。她好像是电视里面走出来的明星,白白细细的皮肤,清秀的鸭蛋脸,乌黑的头发很光亮,苗条的身材端端的,直到我走也没说一句话。回到家里,我告诉母亲我看到黑娃的新媳妇很好看,母亲边做饭边给我说黑娃媳妇是县城边上的人,由于她爱的男人上学走了,就在家里人的逼迫下嫁给了另外一个男人。这个男人爱喝酒,喝醉了酒就打她,也没有生个娃,之后她精神就不好了,就被抛弃了。黑娃结婚的那天,娘家人嫌丢人就没有人送亲来,母亲在"很可怜的孩子"的感叹声里,哀叹了一口气。我看着母亲失落的情绪,眨了眨眼,也觉得黑娃媳妇很可怜。

一年后，黑娃媳妇生了个儿子，很可爱！

又一年后，黑娃媳妇生了个女儿，很漂亮！

黑娃一家人都很高兴，对黑娃媳妇也很关心，经常给黑娃媳妇求医治病，一家人过得很幸福。

我去县城上中学的那些年常住校，只有在假期里才见得着黑娃媳妇。在劳累的日子里，黑娃媳妇不爱说话，只是干活，结婚时的美丽也渐渐地看不着了。

黑娃儿子上小学的那年，黑娃过世了，我也去省城上大学了。但每次回家都要去看一眼我心中美丽的黑娃媳妇，因我记着她给我的那一颗核桃和枣儿。也听着母亲给我讲述的黑娃媳妇的每一个故事。母亲说自从黑娃过世后，黑娃媳妇的病就越来越严重，一家人也没有人照看关心她了，两个孩子也嫌弃她，她便成了一个越来越可怜的女人。

我大学毕业了，在省城参加了工作。

有一次回家，在庄边碰见了黑娃媳妇，我的心不仅仅是震颤了，而且是震碎了。一个不到四十岁的女人，看起来像比母亲还老的老太太。她披头散发，衣衫不整，嘴里还念念有词！我给她剥了个橘子和一根香蕉。她笑着，那是一个不自然的笑，是甜笑也是苦笑，还是一个带着女人一生命运的笑！我想着她给我核桃和枣儿时的笑，那是多么好看快乐的笑！

我回省城离开村子时，母亲送我，又碰上了黑娃媳妇。母亲说："多可怜的女人啊！"一帮小孩子围着她戏弄着喊："疯婆子，疯婆子……"

看着夕阳，我回忆着。想着黑娃刚结婚的那时，我偷偷地流泪了。

我是一个不相信所谓命运的人，对黑娃媳妇这个女人却很痛惜。她父母在哪儿呢？自己的宝贝女儿在受罪他们知道吗？他们知道自己的宝贝女儿嫁人后过得咋样，来看过吗？嫁给一个男人只是一个生娃的工具吗？丈夫在哪儿，黑娃对她自始至终就没有一点儿爱吗？生下的娃在哪儿？儿不嫌娘丑，可生下的一儿一女关心过自己的亲生母亲吗？如果丈夫多少给一点儿爱，儿女多少关心一点儿，那又是如何呢？

记忆总是那么清晰，只是结局早已物是人非。人之初，性本善，我唯有叹息和无奈！

写作阅历

记得从发表第一篇文章起，我就一直梦想着，有一天能有自己的一本文学作品问世。那时我还只是一个十五六岁的孩子，在那唯高考升学是瞻的岁月，出版一本自己的文集，无疑是我除高考、也只能是我除高考之外人生的第二大梦想。记得那年班主任拿着载有我文章的报纸给全班同学朗读时的情景，整个教室里静得有些出奇，当老师读完的瞬间，教室里响起了同学们热烈的掌声。那一刻，幸福的热泪早已溢出了我的眼眶。说真的，这应该算是第二次发表文章了，第一篇是一次报社组织的征文大赛，我得了优秀奖，虽然只有一个荣誉证书和十五元的稿费，但是我已经高兴得不知所措了，只不过那时候，几乎没有几个人知道我得了奖。仔细回想起来，这次发表作品比那次获奖更难忘，因为得到了老师和同学的肯定，于我而言，这是莫大的鞭策和鼓励。从此以后，整个年级的老师没有一个人不知道我的，渐渐地，"校园小诗女"的称号也就顶在我头上了，不仅语文老师对我更加偏爱，就连英语老师也是关心有加，甚至一度出现让班里所有同学嫉妒的现象。当时，我真觉得自己就是一个命运的宠儿。因为这篇散文诗，我还谈了我人生的第一次、也是唯一的一次恋爱。他和我的那首诗我至今还记得，当时的我是一个不太爱说话的女孩，所以书信和诗词成了我们之间的沟通载体，也许这就是情书吧，不过与众不同的是，这些情书不是散文就是诗词，没有一句"爱"或者"不爱"这样的言辞。也许是因为在心灵上能产生共鸣，我总觉得我们有一个很好的未来。可是后来，因为现实和种种原因，这段初恋还是昙花一现般地结束了。

也记得小学语文老师时常拿我的作文当范文读给全班同学,数学老师在六年级的时候就教我解初一的数学题,一时间,我是老师眼中的得意门生,全村家长要求自己的孩子以我为榜样。那时,除了农村生活常常有些拮据外,其他方面,我觉得我仍然是很幸福的,尤其精神层面,我觉得自己比同龄同学多了一些优越感。

一直到大学毕业,在那些还没上班,无所事事,伴随着失眠的日子里,我又一次拿起了梦想的笔,就这样一边向各大报纸投稿,同时也开始向各大网站贴稿。渐渐地,喜欢我文字的人越来越多,我心里的甜蜜远比我嫁人要幸福。于是,将这些文字结集出版的想法也就与日俱增,再加上一个偶然的机会认识了太白文艺出版社资深编审曹彦老师。在曹老师的鼓励下,我下定决心整理自己的文字出书,没有他的鼓励和促成,实现这个梦想,不知道会在什么时候。

书中所收录的大多数篇章是我在夜深人静的时候写的。我不喜欢白天写东西,只有在夜深人静的时候,宇宙间似乎只有我一个人存在。写作,让我找到了一个与世界对话的方式,也成为我倾诉情感、表达认知想法的重要途径,以及成为我度过孤独、彷徨、伤感、压抑、无聊岁月的最好的朋友;写作,也让我结识了一些良师诤友,收获了友情,收获了感动,收获了温暖……

回过头来再次仔细阅读我写的文章,不足之处实在太多,好多老师说文章里面缺少了些许血肉,我也很深刻地认识到了自己的不足,只是由于时间关系,我不能再一一加工完善,只能把这些不太成熟的文字呈现给大家,就像一道道看着和吃着可能不太合乎你胃口的菜肴,但它们的确都是出自我的真情实感,是我写作之路上心路历程的真实再现。我真心希望每一位读者都能提出宝贵的意见,在今后的写作道路上给予我帮助,好让我在今后的写作上能够不断地成长和进步!

感恩是一件说起来容易做起来很难的事情,感恩是发自内心的。

俗话说，"滴水之恩，当涌泉相报"。在写这本书的历程中，我遇到了许多良师益友。首先感谢为我写序改稿子的吴耀光老师、李敏智老师、为我书名题字于爷爷和一直给我鼓励的马步真老师。其次感谢给我写作上进行指导的赵春老师、郭亚娟好姐妹和王永军老师，以及我所在粮食系统的所有领导同事和周围所有关心这本书的好友。一个人做一件事情本来就很不容易，但如果你的周围多了这么多的支持者，你就会面对好多困难而不再那么畏惧。曾经看到过这样一些话："落叶在空中盘旋，谱写着一曲感恩的乐章，那是大树对滋养它的大地的感恩；白云在蔚蓝的天空中飘荡，绘画着那一幅幅感人的画面，那是白云对哺育它的蓝天的感恩。"我之所以能出这本散文集，离不开大家的支持，鲜花的开放一定要有绿叶的陪衬。因为感恩才会有这本岁月的语录；因为感恩才懂得了真挚的友情；因为感恩才让我懂得了生活的乐趣和生命的真谛。